在繁华的世界勇敢地活

天湖小舟　著

四川文艺出版社

图书在版编目（CIP）数据

在繁华的世界勇敢地活 / 天湖小舟著. -- 成都：
四川文艺出版社，2020.5

　ISBN 978-7-5411-4996-2

　Ⅰ.①在… Ⅱ.①天… Ⅲ.①散文集－中国－当代
Ⅳ.① I267

　中国版本图书馆 CIP 数据核字 (2020) 第 045305 号

ZAI FANHUA DE SHIJIE YONGGAN DE HUO

在繁华的世界勇敢地活

天湖小舟　著

出 品 人	张庆宁
选题策划	北京斯坦威图书有限责任公司
编辑统筹	李佳铌　王 娇
责任编辑	朱 兰　蔡 曦
封面设计	WONDERLAND Book design 仙鱼 QQ:344581934
责任校对	汪 平

出版发行	四川文艺出版社（成都市槐树街 2 号）
网　　址	www.scwys.com
电　　话	028-86259287（发行部）028-86259303（编辑部）
传　　真	028-86259306

邮寄地址	成都市槐树街 2 号四川文艺出版社邮购部 610031		
印　　刷	天津中印联印务有限公司		
成品尺寸	147mm×210mm	开　本	32 开
印　　张	8	字　数	151 千字
版　　次	2020 年 5 月第一版	印　次	2020 年 5 月第一次印刷
书　　号	ISBN 978-7-5411-4996-2		
定　　价	46.80 元		

序 言

有人说，每个人来到这个世界上都是还债的，还父母儿女的债，还亲朋好友的债，还万事万物的债，还天地众生的债。

每一个遇见和分离，都是还债的开始和结束。

若无相欠，怎会遇见？

人生，就是一场大戏，这其中，有你我他它，有悲欢离合，有柴米油盐，有风霜雪雨，有善良邪恶，有冷暖自知，有回眸一笑，有生死一念。

所有人都在其中，谁也无法跳出轮回。我们在不同的时间、不同的地点，扮演着不同的角色，说着不同的话，却做着相同的事——还债。这就是我们所有人的所有事。

我们这一生，要遇见多少人，要经历多少事，要吃多少苦，要遭多少罪，要受多少伤，要流多少泪……人生就是我们经历的总和，无论是欢笑还是悲伤，无论是痛苦还是幸福。

你经历了什么，你就是什么。

你的职业是医生，你就是医生；闲暇之余，你还能绘画，你就是医生画家；画画之余，你还能兼职律师，你就是医生画家兼职律师。

你的工作是警察，你就是警察；工作之余，你还能出书，你就是警察作家；出书之余，你还能做公益，你就是公益警察作家。

无论我们是什么，其实，我们都在还债，欠钱的还钱，欠情的还情，一日不还完，一日不得闲。

还债是一个痛苦的过程。

这其中，有迷茫，有彷徨，有犹豫，有焦虑，有怀疑，有猜忌，有困难，有泥泞，有波折，有坎坷，甚至还会有阴谋，有陷阱，有刀光剑影，有你死我活。

红尘大戏，历事炼心。

我曾徒步穿越大漠，一望无际的沙丘就是世界，我渺小如沙；我曾经被羞辱，在大雨中奔跑，那个时候，我是一滴水；我曾为抓捕疑犯而跳车，躺在抢救病床上，生死边缘，我感觉我是一次呼吸；我也曾经为了名利，挤破头往前冲，百转千回后，才明白，一切都不过是过眼云烟，释然之际，我轻若一粒微尘。

……

时间太漫长，又太短暂；空间太浩瀚，又太极微。

经历时空，逐渐发现，原来，我们不过是一粒沙、一滴水、一微尘，一次呼吸而已。

可恰巧是这些微小，点燃了每一个人的伟大。

事为火炉，人为心，把心放在火炉里铸炼，炼到最后，即是了债，即是人散情断，即是雨后彩虹，即是清静无忧，即是当下成就。

红尘，是我们生活的凡间，是我们炼心的道场。

不以物喜，不以己悲。如果你正享受甘甜，你是否能冷静而从容地面对？如果你正经历苦难，你是否也能平静而微笑地面对？

每个人都在大戏里，也都在大戏外，在里在外，只有我们自己知道，这取决于我们那一颗被熔炼的心是否已经觉醒。

我的书，写的都是那些人，写的都是那些事，写的都是那些说不完道不尽、那些被熟知或被尘封却欲说还休的凡人俗事。

那些人，那些事，不正是我们在这个人世间最真实的写照吗？相信你会在本书的某一个故事中找到自己的影子。

红尘大戏，历事炼心，真巧，也真好，在这里遇见了你！

是为序。

2019.12.25

目 录
CONTENTS

Part 1 选对人生，才有资格能赢 >>>

人生最好的境界，是丰富的安静　003

把控人生，别把朋友圈当日记本　008

全力以赴，倒头大睡，是回馈生活的最美姿态　014

你若刻薄，必定败落　021

在最深的绝望里，遇见最美的惊喜　027

我们想要什么，世界就会给我们什么　034

极度自律者，懂得在生活里逆行　040

碎片时间，拉开人生差距　046

Part 2　不给熟人掉链子，不给生人添麻烦 >>>

我想送你回家，东南西北都顺路　053

人生如甘蔗，每个节点都是一个转折　059

我的好朋友，都在朋友圈　066

真正的友谊，是细水长流与君同　072

钱与岁月，可以让我们看清许多东西　077

一个人的真正老去，从丧失自我开始　083

多少人，都把自己活成了囚徒　087

不怕你勇敢地开始，就怕你怯懦地收场　091

Part 3　既然只能做自己，那就好好做自己 >>>

豁达坦然的人，只做能力范围内的事　097

吃什么无所谓，关键是和谁一起吃　103

我曾经莽撞到视死如归，却因爱上你而渴望长命百岁　110

两个人见见就好，知道彼此安好就行　118

不要因为走得太远，而忘记为什么出发　123

有时无须证明，比刻意解释更有说服力　129

唯有不负期望，才能完成梦想　135

有一些事，总要有一些人来做　141

Part 4 你如何过一天，便如何过一生 >>>

有空常联系，得闲多相聚　　　　　　　　149

只有荒芜的沙漠，没有荒芜的人生　　　　156

生活如一叶小舟，我们都是风雨无阻的水手　163

所有从无到有的东西，必将从有到无　　　168

爱情，是初心；婚姻，需要不忘初心　　　174

多给一块钱，比少给一块钱好　　　　　　180

你焦虑，是因为你想要的太多　　　　　　186

因为有关系，所以别客气　　　　　　　　191

Part 5 决定上限的不是能力，而是格局 >>>

生活没有规律可循，行为决定意识层次　　199

无论心里多么绝望，温柔都写在脸上　　　205

心念不对，世界与你作对　　　　　　　　211

在健康问题上，自己比老天爷管用　　　　216

善良，是一个人自内而外的修养流淌　　　221

我在凌晨六点的街道遇见你　　　　　　　227

不是所有的对不起，都可以没关系　　　　231

后记　　　　　　　　　　　　　　　　　237

PART 1

选对人生，才有资格能赢

◇

当我们明确了目标，懂得了取舍，

然后付出时间和精力大踏步地往前走，

那么我们想要的一切，

都会在我们克服种种艰难险阻之后，精彩呈现。

人生最好的境界，是丰富的安静

人无千日好，花无百日红。

01

春节前，有同学提议组织一个同学聚会，响应者众。

很快，熟悉的，不熟悉的，本地的，外地的，常联系的，不常联系的，都聚到了一个群内，50多人。

恰逢春节，同学们热情高涨，大家就用一波又一波的"红包雨"来表达心中的怀念和激动，同学们都在不断地回忆着高中时候的美好青春，或是当初的囧人囧事。

大年初三聚会的那一天，同学们把酒言欢，畅所欲言，载歌载舞，相拥而泣，诉说衷肠，难舍难分。晚间分别后大家还在群内有说有笑，群里红包不断。

初六，同学陆续返程。北京的返回北京，上海的返回上海，西安的返回西安，在荥阳的还继续留在荥阳。总之一句话，从哪儿来的还回哪儿去。

一个月，两个月，群内的互动指数在不断下降，从三言两语的聊天，到偶尔有人在群内发个天气预报。

现在，群还在，人也在，只是再也没有人说话了。群，终于冷清了下来。

20年前，我们因为学习聚在了一起；毕业，我们因为梦想而各奔东西；再后来，我们为生活劳累奔波；今年春节，我们因为回忆往昔，而重新聚首；相聚过后，我们还要回归原来的生活，不得不再次分离。

我们从平静中来，总归要回到平静中去。相聚时刻的兴奋是暂时的，而分离后的各自安好才是永远的。

02

前几天，参加了朋友儿子的婚礼。

春日荥阳，大地生辉，良辰吉日，微风和煦。小区门口的墙上、树上、楼梯上都贴满了喜字，所有的亲戚朋友都来了，脸上都洋溢着幸福的微笑。

英俊帅气的新郎，温柔贤惠的新娘，在鲜花锦簇中，在所有人的祝福声中，一对新人拜天地，拜高堂，夫妻对拜，从此成为一家人。

婚礼结束，亲人朋友散去，偌大的场地里，两人坐在那里久久不愿离开。

朋友说："就这么结束了，刚才还热热闹闹，人突然间散了，心里空荡荡的，怎么就这么失落呢？"

我安慰："是啊，这些时日，你一直都是忙忙碌碌，习惯了热闹，一下子清静了，还真是有点不适应。天下没有不散的宴席，这就是生活的本质和常态，大家从四面八方而来，本就应该回归到四面八方啊。"

朋友突然间释怀了，他笑着说："是啊，生活原本就应该是安安静静的。"

婚礼的热闹和喜庆之时是暂时的，婚礼过后，一切还是要回归到日常状态下的平静和淡然，这才是生活本身应该的呈现。

03

20 年前，我考上了大学。

学费却成了母亲的一大难题，她卖了猪和鸡，几乎卖光了我们所有的粮食，但仍相差甚远。

四叔建议母亲找邻村的一个远房亲戚借。

母亲不去，说这个人太势利眼，看不起人。

90 年代，这个亲戚已经是传说中的万元户了。他做电机生意，曾在酒后扬言，挣的这十几万，两辈子也花不完。

四叔和他年龄相仿，关系还不错，时常去他家吃个饭、蹭个酒或是玩玩麻将，偶尔也去 KTV 吼两嗓子。

四叔说："他这个人啊，也没啥毛病，就是喜欢热闹，身边不能离人，总得有人吹捧着他。"

万般无奈，母亲还是去了他家，这个亲戚正和几个朋友在吃饭，划拳斗酒甚是热闹，母亲长等短等，最后众人离去，母亲开口借钱，说等我大学毕业，参加工作后这钱一定能还上。

这个亲戚坐在沙发上，嘴里叼着烟，跷着二郎腿，一副高高在上的模样，他说："你家穷成那样，能还得起吗。再说了，等你儿子大学毕业了，那得等多少年啊，还不如直接让你儿子来我厂里上班。"

钱没有借到，母亲转身离开。

母亲说："这人啊，要是天天过着醉生梦死的生活，家道必定不会长久。"

1999 年，我大学毕业，这个远房亲戚生意惨淡，面临破产，那些原本围绕在他身边吃他喝他不谢他的人早已树倒猢狲散。

人，从平静中来，必定要回归平静。

这个亲戚就是如此，原来小富即安，后来发了财，众星捧月，有推杯换盏的交际，有声色犬马的生活。再后来生意破产，人去楼空。

从平静到热闹，必定还会从热闹到平静，这就是生活的真相。

04

周国平认为，人生的最好境界是丰富的安静。

人无千日好，花无百日红。

人的一生，其实就是在热闹和平静的相互交替中不断前行。

固然，人生的某一个阶段需要某种热闹，但当万流沸腾之后，终究要回归平静。平静，就像是阿尔卑斯山麓旁倒映着白云和森林的雪山天湖，湖水并非死水，而是一直不断地在流动，湖面如镜是因为湖水的深邃和广阔。

如果，热闹代表人生的高处，失落代表人生的低谷，那么平静就应该是人生的常态。

通常，高处时，我们总是志得意满，颐指气使，恃才傲物；低谷时，我们总是悲观失望，痛苦决绝，萎靡不振。

其实，无论热闹还是失落，我们都应该平静对待。高处时，不骄不躁，不断奋发，谦卑恭敬；低谷时，不自暴自弃，不悲观绝望，满怀希望。

原来，平静才是生活的本来面目。

人，所有的人，所有的生命都一样，我们从平静中来，在经历了一场尘世的热闹后，还是要回归到平静中去。

把控人生，别把朋友圈当日记本

你发自肺腑的感慨，别人也许会当作故事来看。

01

果断拉黑了一位几乎没有聊过的微友 M。

翻看朋友圈的时候，微友 M 在朋友圈里一连发了四五条信息，每条信息都能感觉出她是在极度暴怒下发出来的，戾气极重，满是污言秽语。

虽然知道这条动态不是针对我，但是看了之后，心里还是不舒服。

没有丝毫犹豫，我就把她给拉黑了。

一个连自己的情绪都无法把控的人，又怎能把控好自己的人生？

你的朋友圈不是你的私密日记本，也不是树洞，你不能像写日记一样，随心所欲地发泄自己所有的情绪。

诚然，心口无二是最好的，但朋友圈是一个近乎实名制的公开场合，所以当你内心的话语不加修饰地吐露在朋友圈中时，并不总是适宜的。

在朋友圈这样的公共场合里，不要过多地袒露自己，那些关于内心的喜怒哀乐，最好还是克制一下。

02

在京城路的金麦面包房遇见了同学贾岚，她向我讲述了一个人到西藏穷游的故事，还拿出手机，让我看她旅途拍的美景和美照。

我看得入迷，随口问道："真的好美，怎么没见你发朋友圈啊？"

她微微一笑，说："你没发现吗，我很久不发朋友圈了。"

我这才意识到，贾岚最近确实很少发朋友圈了，偶尔发一次，也是一些心灵鸡汤、生活感悟。

贾岚以前可不是这样，她特别喜欢发朋友圈，不管是什么样的心情，都会配一张自己的照片发到朋友圈里。有时是工作上的几句埋怨；有时是吃到美食时的一种心情；有时是对某件事的看法。

可是现在，她的朋友圈很冷清，而且还设置了"朋友圈仅三天可见"。

贾岚说："一次，翻看了自己以前的朋友圈，在很久之前的一条心情文字下面有人评论说：'你天天发这些负能量的东西。'不仅如此，我之前发的一些我认为看起来很美的自拍，有人点赞，也有人略带嘲讽地评论'嘚瑟'。

"从那一刻起，我突然明白了，之前我把朋友圈当成了自己的日记本，以为什么都可以记录在里面，但这个世界上只有冷暖自知，没有感同身受，你的喜悦可能在别人看来是'嘚瑟'，你的悲痛在别人看来也可能是矫情。

"我发的自拍，会被有些人认为是臭美；我发的旅行照片和美食，会被有些人觉得是爱炫耀；就连我抒发不满或抱怨，也会有人说我不成熟。

"所以，慢慢的，我就不把朋友圈当成无所顾忌的说话地方了。"

贾岚长长地叹了一口气："看以前的朋友圈，真心觉得那时的自己好幼稚，一点点事都恨不得向全世界宣布。现在我知道，即使朋友圈是我们自己的地盘，但是有些话，也不能随心所欲地说。现在的我，可能成长了吧。"

很喜欢看孙桐的朋友圈，谁又能料想，他的朋友圈曾是我想要屏蔽的。

以前，孙桐总是发一些极其负能量的内容，有时是拍一张工作照，写上"累"；有时是配一张网上下载的图片，写道："那个背后打小报告的恶人会遭报应的。"有时什么话也不说，配一张竖着中指的图片……

老实说，看到这样的文字，我的心里特别不舒服，作为孙桐的同事，我知道他所面临的那些境遇，但是他毫无顾忌地把牢骚发在朋友圈，等于是向别人宣布了他在单位的工作状态。

那段时间，孙桐不仅工作上不如意，在家庭生活中也总是争吵不断。甚至，很多人因为看到他在朋友圈里的抱怨，而疏远了现实生活中的他。

后来，这些抱怨的、不满的、愤恨的、负能量的东西，在他的朋友圈里逐渐消失了。有时，他会发一些精美的图片，再配一些很有能量的文字，字里行间，总能感受到他对于生活的热爱。

前不久，孙桐获得了荥阳市五一劳动奖章，他发了一张获奖照片，并配文：

人为什么一定要传播正能量？物理学告诉我们，自然界是有磁场的。

一个人信念变了，德行就变了；德行变了，气场就变了；气场变了，磁场就变了；磁场变了，风水就变了；风水变了，运气就变了；运气变了，命运就能变了。

所以，改变命运真正靠的是自身的正能量，厚德载物，内心善良、柔和、宽厚，相由心生，境由心转，学会调整心态，好运随之而来。

04

想了解一个人真实的状态，就去看一下他的朋友圈。

成熟且情商高的人，总是会把朋友圈打造成积极向上、阳光明媚的样子，你能从中感受到他对于生活的热爱和激情。

而一些不太成熟的人，却总是任由情绪去支配自己的行动，认为朋友圈就是自己的后花园，是自己的日记本。不管做什么，不管开不开心，不管愤怒还是抱怨，想发什么就发什么，认为发朋友圈是自己的自由，不管别人爱不爱看，也不管别人看了心里是不是舒服。

但是，如今的朋友圈，已经不是吐露心事、坦露心情的地方了。我们的朋友圈，并非只有亲人朋友，还有同事、领导、合作伙伴、微商、陌生人……不再是那么纯粹的"朋友圈"，也不再是一个纯粹得有话就说、无拘无束的地方了。

有时候，你随口说的一句话，会让很多人做出不一样的解读。你发自肺腑的感慨，别人也许会当成故事来看。

何必把自己的喜怒哀乐不加选择地放在朋友圈?

如果你有喜悦,就把它分享到朋友圈吧,把一份喜悦变成无数份;如果你有委屈,就跟现实中的知己倾诉吧,把一份委屈分成半份。但请不要再让你的朋友圈,成为你记录心情的日记本。

全力以赴，倒头大睡，是回馈生活的最美姿态

有的人 25 岁就已经死去了，却到 75 岁才埋。

01

最近迷上了抖音。你不会想到，为了拍一段 15 秒的视频，我竟花了一个小时。

开滤镜、调光线，使用各种道具，然后对口型，表情、动作都要到位。好不容易拍完了，发现时间已经整整过去了一个小时。

这让我大吃一惊，如果我把这一个小时用来读书，我大概可以读完一个章节；如果用来背诵，大概也可以记住两三首诗词；如果用来清扫卫生，那我的家大概可以窗明几亮。

看到过一句话：抖音 5 分钟，人间 3 小时。娱乐至死的时代，杀死人们的，不是他们所憎恶的，反而是他们所喜欢的。

是啊，越来越多的人，被所喜爱的事物杀死了。周而复始地活着，就像死了一样。

每天睁开眼睛的第一件事，就是摸手机。打开微信，先浏览朋友圈，礼貌性地点个赞，然后翻翻微博，看看热搜。

关注明星的八卦，超过了关注自己本身；

每天打开新闻，看着那些标题党的文章，点开，骂一骂，然后接着点开下一篇；

越来越不关注事实，只是急于表达自己的观点；

人家说什么就听什么，人家说什么就信什么，渐渐的，失去了思考的能力。

……

很多人活成了这个样子，每天浑浑噩噩，吃饭、睡觉、看手机……每个人都活成了同一个样子。这样活着，和死去有什么区别呢？

02

知乎上有两个问题很有意思，一个是"有人在过不努力的人生吗？"另一个是："人究竟为什么要努力？"

第一个问题，有很多人回答说：绝大多数人都在过不努力的人生，混混沌沌，夜里计划无数，早上醒来依旧原地踏步，不努力很轻松，一天到晚都在玩手机。

而第二个问题，有一个高赞的回答是：人这辈子很短，一分一秒我都不想浪费，我舍不得浪费，这是最好的时代，我不想辜负这一切。

是的，那些把生命用来浪费的人，这一生看似安逸，却永远没有光彩。他们活着，就像死人一样，活一天，和活一百年，没有什么区别。

还记得河北收费站那位"我 36 岁了，除了收费啥也不会"的大姐吗？面对收费站被撤销、工作人员需要再就业的现实，她竟振振有词地说："我今年 36 岁了，我现在啥也不会，也没人喜欢我们，我也学不了什么东西了。"

如果收费站不撤销，往后的几十年，她过的全都是这样的生活：您好，请付费，谢谢，再见。

这样的生活，周而复始，明天的她和昨天的她，全都一个样。

看似安逸稳定，却是对生命极大的浪费。所以，当风险来临的时候，她连最基本的用以自保的铠甲都没有。

日本的 NHK 电视台曾经拍过一部纪录片——《三和人才市场：中国日薪百元的年轻人们》。在这部纪录片中，日薪百元的劳动者们，大多是年轻的打工者，喜欢日结工资。

他们不喜欢长期的劳动，只喜欢短期的享受，干一天玩三天，报酬拿到手，马上沉迷于网络游戏。

22 岁的东东，16 岁就出来打工，因为被老板娘嫌弃上班时玩手机，他马上就辞了工作。

他前前后后找过几份工作，但是大多受不了苦，他住的房间 30 平方米，放着十几张上下床，一个床位 15 元。

蟑螂、臭虫横行，被褥脏乱，可是他却完全不计较，因为房间里有 Wi-Fi。

没有工作的时候，东东就常在网吧里消磨时间，通宵 10 元。他说：在虚拟世界里，才可以找到自己的存在感。

他不明白，存在感是要通过努力才可以获得的，而不是在虚拟的世界里寻找。

不愿意付出任何努力的他，从 22 岁就已经"死了"。

03

汪峰的《存在》，歌词里唱的，其实就像一些人的人生：多少人活着却如同死去，谁知道我们该去向何处，谁明白生命已变为何物，是否找个借口继续苟活，我该如何存在？

是啊，人这一生，该如何存在才不枉在这人间走一遭呢？

11 月 30 日，美国前总统老布什逝世，享年 94 岁。

12 月 5 日，在老布什的葬礼上，他的长子——小布什在悼词中这样说道：

"他一边老去，一边教会我们如何带着尊严、幽默和善良而老去。当慈爱的上帝最终来叩门的时候，怎样带着勇气，带着对天国的期盼和喜乐，去迎接死亡的来临……他告诉我们要珍惜每一天……用一天中剩下的时间，来消耗他旺盛的精力，不让一日虚度。看来他出生时只有两种设置：全力以赴，倒头大睡。"

"全力以赴，倒头大睡"，这两句话，便是老布什精彩一生的精华，也是他回馈生活的最美姿态。

翻开他的履历，你会惊异于他的一生会如此辉煌——他是美国海军历史上最年轻的飞行员；曾任驻联合国大使、驻华大使、中央情报局局长；是被里根总统称赞的"最好的副总统"；同时也是美国第51届第41任总统；还是美国第43任，第54、55届总统的父亲。

在他85岁时，还开着自己最喜欢的船以300马力的速度穿越大西洋，把保安远远地甩在身后；

而他90岁时，还选择用高空跳伞的方式来庆祝自己的九十大寿。

他的每一分每一秒，都是生命最精彩的享受；他在人间的每一分钟，都没有浪费。

他活着，是精彩地活着；他死去，也是尽兴地离开。

04

河南"辣妈"刘叶琳，在50多岁的时候，登上了英国《每日邮报》的主页。

当50多岁的她，穿着性感的比基尼在冰天雪地的冰水里游泳和潜水的时候，多少人羡慕她年轻貌美，身材苗条。可他们却没想到在她美丽的背后，她付出了多少汗水和努力。

她从30岁开始健身，坚持了20多年。不仅如此，她还到美国学习高空跳伞，学习骑马、射箭、攀岩、潜水……

与她同龄的女人大多成为别人眼中的"大妈"，而她还依然活得像位少女。

她说："这一生，我跟别人最大的不同，大概就在于我从不给自己设限，敢将人生折腾到底。"

你追求的人生状态，决定了你的心能活多久。

有人说，活着的境界有三层，分别是性命、生命和使命。

性命，仅仅是一种生存的必备，是最底层的"活着"。

生命，则是指生活的质量，是精神上的一种需要。

使命，则是最高级的生活状态，人不仅仅活着，还要完成他的人生价值，以满足灵魂的需求与释放。

这世上，只有极少数人能达到"使命"的境界，也有一部分人活到了"生命"的状态，更多的人则只是"活着"，像死去一样的活着。

一年 365 天，365 个相同的重复而已。

罗曼·罗兰曾经说过一句经典名言：大半的人在 20 岁或者 30 岁上就死了。一过这个年龄，他们只改变了自己的影子，以后的生命不过是用来模仿自己。一天一天的重复，而且重复的方式越来越机械，越来越脱腔走板。

我们这仅有的一生，究竟是要周而复始地机械重复，还是把每一天都活成自己想要的样子？

把握好生命的宽度，从容充实地享受人生，才算是真正地活着。

人这一生很短，该拼搏时一定要逼自己一把，不要当我们快死去的时候，才发现这一生白活了。

有的人 25 岁就已经死去了，却到 75 岁才埋。

希望那些 25 岁就死去的人，不是我们。

你若刻薄，必定败落

心底无私天地宽。

01

前段日子，和单位领导一起去吃饺子。

3 月初春的微风，已经没有了冬天的冰冷，推门而进，老板娘的笑都是甜的，她招呼我们临窗坐下。

玻璃窗外石家庄的高楼大厦、道路树木、蓝天白云、车辆行人交织成趣，动静分明，偶尔，还有几只小鸟在枝头跳跃。

四个人，两碟凉菜，一份羊肉大葱饺子和一份韭菜鸡蛋饺子，我们边吃边聊，很是开心。领导还教导我们，今后吃饭就这样，够吃就行，不能浪费。

邻座一对母女的对话，引起了我们的注意。

女儿说："昨天我同桌向我借了一个算数本。"

我们都等着母亲表扬女儿助人为乐，会给她鼓励，谁料，母亲问道："还了没有？"

女儿回答："还没有。"

母亲放下筷子，抬起眼说："你就不应该借给他，下午回学校就向他要，今后不要乱借东西给同学。"

女儿原本笑着的脸，瞬间冷了下来，她开始低头默默地吃饺子。

不到一分钟，这位母亲叫道："老板娘，来一下。"

老板娘人挺好，几步就走到她跟前。问："啥事？"

母亲说："你看看，这两个饺子煮烂了，再赔我两个饺子。"

老板娘挺好说话，依旧笑着说："好嘞，这就去给您再下两个饺子。"

呜呼，我们四个人的下巴都差点惊掉到地上。还真是没有见过这样的女人，当着自己女儿的面，把自己的刻薄展现得淋漓尽致。

那女人走后，领导长叹道："哎，这女的吧，也就到这了，关键是她把孩子也影响了，孩子都是父母的复制品，这女儿长大后要是跟她妈一样就毁了。"

因果定律不会错，今天你刻薄待人，未来别人必定刻薄待你。

02

10 年前，我还住在老城区。

在那年夏天某天傍晚的时候，成皋路南头一个男子骑着自行车撞在了停在路边的一辆汽车上，他的左手被蹭流血了，眼镜片碰烂了一个，自行车链条也摔掉了。

这人站起来后，就开始当街大骂："谁的车啊，这是停车的地方吗？"

汽车司机不在，这个人就一直站在那骂，骂了足足有 5 分钟，当时我正和几个老人在大树下乘凉，我们都替他嫌累。

司机从一个商店跑了出来，是个年轻人，也戴副眼镜，他一看这架势，赶紧道歉，连连说对不起。

男子却更加狂躁，双手叉腰，滔滔不绝。

司机连话都插不上嘴，委屈地嘟囔着："我赔，我赔你钱还不行吗？"

男子叱喝道："谁稀罕你的钱，我要的不是钱，是理。"

司机在男子的淫威下，动手把他的自行车链条安好。

男子依旧不依不饶，继续叫嚣道："我的手被蹭破了，你说怎么办？你说怎么办？"

司机不敢高声语，他一定是被吓坏了，低声说："怎么办都行，你说吧。"

男子说："你打 120 吧，让医院来给我现场包扎。"司机就赶紧拨打了 120 急救电话。男子说："我的自行车把也被撞歪了，这属于交通事故，你顺便也打个 110，让警察来做个公正处理。"司机又吓得赶紧拨打了 110。

没多久，救护车和事故民警同时赶到，护士给其做了简单包扎，男子说："费用由这个司机出啊。"护士说："不要钱。"男子说："不要钱怎么行，必须要钱。"司机吓得赶紧对护士说："多少我给。"护士不知道情况，还说不要钱。男子求饶道："这钱我必须出。"最后护士不好意思地收了 10 块钱走了。

警察开口了："你们这不是没事吗？"

男子不乐意了，对着警察吼道："什么没事，你没有看到我的手都受伤了吗？这汽车能在公路上乱停乱放吗？"

警察也算是智慧，当场认定属于交通事故，连人带车一起带走了。

就这样，男子在街头上演了两个小时的表演，刷新了我们所有人的三观。

去年，我在植物园附近见过这个男人，他给我的印象实在是太深刻了，还是那副德行，依旧骑着他的那辆破自行车。

我终于明白，有些人是注定要骑一辈子自行车的，因为他的刻薄不足以支撑他获得生命更高层次的那份福气。

过年时，我和母亲去看望姥姥。

进村，停好车，往舅舅家的胡同走，看见一个 60 多岁的女人坐在轮椅上，耷拉着头，面无表情，口水顺着下巴往下滴。

我知道这个女人，母亲没少给我讲她家的故事。

母亲说，40 年前，这女人嫁到这里。70 年代的时候，家家都穷得揭不开锅，许多东西都是逐家挨户借的，今天我借你家一个铁锹，明天你借我家三斤小米，家里必须用的尿桶最多也就是两个，往地里面推茅粪的时候，尿桶也必须去借乡亲的。

这女人家也是一穷二白，她也挨家挨户地借东西，大家都借给她。

邻里之间相互帮忙，能增进感情，中午吃饭的时候，大伙都端着饭碗蹲在胡同的宽阔地边吃边聊，好不热闹。

时间长了，大伙发现，去这个女人家借东西，那可是什么也借不出来的。

胡同里人都知道了，这家女人是一个刻薄的主儿，于是往后，大家再也不借东西给她。

我和弟弟那时候还小，听母亲讲得津津有味，妙语连珠，乐开了怀。

母亲那时候就告诉我和弟弟，一定要大方，能帮助别人就是福，千万不要学这个女人，尖酸刻薄，家道难成。

没过几年，女人有了两个女儿，她家一直想要个男孩"传宗接代"，又怀了几次，都流产了，后来便再也怀不上了。

女人抑郁了几十年，现在她的两个女儿都已经远嫁他乡，逢年过节也很少回来看望父母。

10年前，女人得了半瘫，轮椅成了她的天地。

而我的母亲，小学都没有毕业，嫁给我父亲后，家里虽然穷困潦倒，却厚道仁爱，善良温悌，事事大方，处处大度。

母亲连生两个男孩后号啕大哭，说："家里这么穷，两个都是男娃，这可怎么养啊，我的命怎么这么不好呢？"

可谁知道，几十年后，苍天厚土不负我的父母，他们因为这两个儿子而家道从容，衣食无忧，子孙满堂，安享晚年。

世事无常，因果不昧。

人这一辈子，作死作活，全在自己。

上天给人的报应，一定是以其人之道还治其人之身。你若刻薄，别人一定用尖酸对你；你若大方，别人也一定报之以歌。正所谓，好人自遇好人救，恶人自有恶人磨。

心底无私天地宽。心若计较，处处都有怨言；心若放宽，时时都是春天。

在最深的绝望里，遇见最美的惊喜

有些苦，只能自己品尝。

01

小区北门有一个水果摊，它是一个很小的三轮车，上面零星摆着柚子、苹果、橘子等时令水果。顾客很少，因为马路对面就是超市，那里的水果种类多又新鲜，比这个小摊上的好多了。

水果摊主是一位年过四旬的妇女，个头很矮，大概是患有侏儒症，身高只有 1.2 米左右。

那晚，我和几位朋友聚会回来，已经是深夜 10 点了，天气寒冷，大街上没几个人，只有她和那辆破旧的三轮车，孤零零地停在路灯下。

看到我，她犹豫了一下："买几个橘子吧，10元全都拿走，便宜的。"

我当时有些哑然失笑，这么一大堆的橘子，又不新鲜，虽然不贵，但未必有人会买。

"10元钱太便宜了，你还不如自己留着吃呢大姐。"

"不舍得呀，这都是花钱进的货，吃了，就没钱了。"她笑得朴实又憨厚。

然后，她用近乎哀求的语气说："买点吧，哪怕少买点，回去尝尝，很甜的。"

我掏出10元钱，买下了那一大兜橘子。

她忽然笑了，开心地像个孩子："我今天可以早点收摊了，我家那口子还等着我呢。"

后来我才知道，她的老公也患有侏儒症，并且身体不好，之前还可以陪着她一起出来摆摊卖水果，后来就很少陪她了，偶尔出来一次，也是捂得严严实实的。

可是这位大姐总是很乐观，总是带着笑："生活已经这么苦了，我就是天天发愁，它也不可能一下子变甜啊，还不如让自己开心点。自己开心了，日子就甜了。"

在这个世界上，没有什么人的生活是轻而易举的，每个人都要经历或轻或重的磨难和坎坷，久了，自然就会磨出铜皮铁骨。

生活不易，与其自怨自艾，不如勇敢面对，乐观承受。

02

张爱玲曾说："生活是一袭华美的长袍，里面爬满了虱子。"

但是，对于很多人而言，他们的生活就连"华美"都称不上，更别说袍子下面的咬啮和噬啃了。

生活不易，每个人都在拼尽全力。

不久前，上海的一位快递小哥因为和女朋友分手，在雨中蹲在路边痛哭了20分钟。

哭完之后，他站起身，拿起车上未送完的快递，认真地核对地址后继续派送。

爱情虽然走了，可生活还是要继续。

那些要承担的苦，不会因此而少半分，而生活也不会因此对他有半分的怜悯和同情。

作家刘亮程说过这样一句话："落在一个人一生中的雪，我们不能全部看见，每个人都在自己的生命中，孤独地过冬。"

有些苦，只能自己品尝。

03

今年元月份，河南洛阳突降暴雪，造成公交停运，许多归家的农民工选择了打车回家。

由于不舍得打车费，年过六旬的赵师傅说："问来问去，车费要200多，想来想去，还是徒步回家。"

于是，他就在雪中，背着自己的全部家当——棉被、电扇、凉席在雪中徒步走了40多公里，赶回家中。

由于上了年纪，他一个月只能挣2000元，并且还只发了一半，所以他要把省下来的路费，留给老伴儿过年买新衣服。

有人问他这样走不冷吗，他呵呵一笑说："不冷，越走越暖和。"

虽然雪大路滑，可是他的笑容却清澈如水。

为了生活，年过60的他，仍在竭尽全力。

一位导游曾经在网上讲述了她的辛酸和不易：她曾在一家投资公司上班，有时要加班到凌晨一两点，然后骑着电动车孤零零地往家赶。万家灯火，没有一盏是为她留的。一天睡不够4个小时，吃不到一顿饱饭，感冒发烧还要坚持着带团，哪怕竭尽全力，却还是感到辛苦。

有天她被不负责的大巴司机扔到高速路口，手机又没了电，出租车漫天要价，从傍晚的6点一直等到晚上9点，她一个人站在高速路口，陷入无助、恐惧和绝望。幸好后来遇到了警察，把她送到了附近的县城。

文章的最后，她说：生活对我来说，首先是生存，只有先活下来，才有资格去讨论生活的质量。没关系，我能接受眼前的糟糕，只希望以后的路能顺畅……

巴尔扎克的《高老头》有一句经典台词：到处是真苦难，假欢喜。

每个人的岁月静好背后，都有不为人知的隐忍、无助、辛酸和悲苦。

那些在生活中被撕扯的伤口，曾经血肉模糊，但是，只要熬过去，那些伤疤就变成了坚硬的铠甲。

04

今年的元月份，一位"六岁男孩送快递"的新闻在网上引起了广泛的关注。

这位叫作"长江"的 6 岁小男孩，在寒冬里推着一辆平板车，挨家挨户地送快递。

零下 8 度的严冬，他只穿着薄薄的外套，小手小脸都被冻得通红。这位可怜的小男孩，父亲病逝，母亲改嫁，父亲生前的工友收留了他。

送快递是长江主动提出的，视频中，他在快递点熟练地分拣、装货，由于人小力弱，他一天大概只能送 30 件快递，即使如此，他也很开心，说："不辛苦，我愿意。"

有人说：成年人的字典里，从来没有"容易"二字，很多人仅仅是为了活着，就已经拼尽了全力。

但是生活有时苛刻以对的，并不仅仅是成年人。

很多羽翼未丰的稚嫩孩子，甚至来不及躺在父母的怀抱里撒娇，就已经背负起了生活的苦难。

人生实苦，每个人都在辗转煎熬。

知乎上曾经有一个问题："既然活着这么苦，死去不是更容易吗？"

有一个回答是："苦痛是幸福的一部分，拥抱苦痛也是生活的一部分，如果还能觉得生活很苦，那么，一定是内心深处还对这个世界有种爱意。"

是啊，这个世间总是充满了各种各样的不如意，没有一个人会活着离开这个世界。

那为什么还有那么多人，甘愿吃着生活的苦呢？

因为，这也许就是生命的意义所在，只有经历过苦楚酸辣，才能体会和珍惜甘甜的滋味。

罗曼·罗兰曾经说过："世界上只有一种英雄主义，那就是认清了生活的真相之后，还仍然热爱生活。"

而每一个明知道生活很苦却还乐观以对的人，都是真正的英雄。

几米曾经写过这样一段话：掉落深井，我大声呼喊，等待救援……天黑了，黯然低头，才发现水面满是闪烁的星光。我总是在最深的绝望里，遇见最美丽的惊喜。

是啊，无论这人间有多苦，生活有多么不易，在那些绝望里，还是会有惊喜的。

如果我们拿到的是一个酸涩得无法入口的柠檬，那么，为何不想办法把它变成甘甜的柠檬汁呢？

你的微笑和乐观，就是加在这杯柠檬汁里的糖和蜂蜜啊。

抖音里有一段话：人间值得，值得你活出你自己，那些你执着过的爱情，你去过的地方，你追过的梦想，甚至你经历过的苦难，都会一点一点，完整你的人生。

每个人的生活，都是劫后余生。

而那些咬着牙还在坚持着的英雄们，那些没有伞还在大雨中奔跑的勇士们，他们的所有坚持，只是为了站在这世间，哪怕晃晃悠悠，哪怕满目狼藉，哪怕被荆棘刺得鲜血淋漓，都可以淡然一笑，说："活着真好！"

生活不易，但是活着，就是幸福。

我们想要什么，世界就会给我们什么

我们想要的，世界早已经为我们准备好了。

01

黑垒红是我同学。

2000 年大学毕业后，她做了 18 年教师。在 2015 年开始利用业余时间学习法律，参加国家司法考试，终于在 2018 年成功通过，同年，她辞职，由一名教师转行为一名律师。

从一个熟悉的环境到另一个陌生的领域，一切都要从零开始，这个转身，里面有多少痛苦的抉择，还有多少决心和勇气，恐怕只有她自己才知道。

这三年，每年开考前的两个月，她都会在我二楼的工作室埋头苦读，挑灯夜战，那种忘我的专注真不是用刻苦努力就能形容的。

我曾经问过黑垒红，打算考几年。

她回答："三年，如果三年后还考不上，我就不再考了。"

我问："如果你真的考不上，会后悔吗？"

她答："不会，我努力过，结果无所谓。就害怕没有努力，却想要那个结果。"

我笑道："挺好，有点'佛系'了哈。"

黑垒红也笑了，两个酒窝浮现在她自信的脸上，她说："其实，我们想要什么，世界就会给我们什么，就看我们愿不愿意要。"

说完，她在胸前握紧右拳，给自己加油。

功夫不负有心人，黑垒红三年的努力，没有白费，她想要的，都来了，她终于梦想成真，人生从此开启了新的征途。

没有志向，人生就没有方向。当你知道自己想要什么的时候，整个世界都会为你让路。

02

唐一生是我的读者。

前年冬天，她来工作室向我诉苦：

她和丈夫结婚10年了，近几年，丈夫的脾气越来越不好，说话也越发难听了，一些鸡毛蒜皮的小事都会让丈夫暴跳如雷，摔碗砸盆，这段时间，两人经常吵架生气，感觉快过不下去了，准备离婚。

我问："吵架的时候，你还口不？"

唐一生笑了："人在气头上，能不还口？他骂我一句，我还他三句。"

我又问："婚前和你婚后的前几年，你丈夫是这样吗？"

她沉思了一会说："不是，以前感觉他脾气很好。"

我接着问："那是谁把他变成这样的呢？"

唐一生沉默不语。

我又问："你爱他吗，还想继续婚姻吗？"

她回答："我感觉我还是很爱他的，我其实是不想离婚的。"

我说："那好办，有句古话叫'行有不得，反求诸己'，凡事不顺利、不如意，要多从自己身上找问题，多反观自己的不是。夫妻吵架也是如此，一个巴掌拍不响，下次他吵你的时候，你先说对不起、我错了，一个月不行，说三个月，三个月不行，说一年，到那时候再看效果。"

去年5月，她夫妻俩约我喝茶。

茶馆里，音乐缓缓流淌，檀香袅袅升腾，唐一生和她丈夫就坐在我的对面，他们十指相扣，面带笑容，俨然一对正谈恋爱的小年轻。

唐一生的丈夫聊起了她的改变："从那次见你之后，'对不起'和'都是我的错'仿佛就成了她的口头禅，真的没想到，效果竟然这么好。我想生气、想发脾气都不行，没想到这两句话竟然是家和万事兴的法宝。"

临别，唐一生夫妻向我致谢。

我说："不必谢我，你想要什么，这个世界就会给你什么，就像幸福，只要你想要，那么它就一定会踏歌而来。"

03

马士克是我表弟。

这家伙是个大胖子，身高 1.72 米，体重 170 斤，饭量超大，是那种腰围大于裤长的类型。

前几年，体检的时候，年仅 40 岁的他已经是高血压、高血脂、高血糖了，家人都为他的健康担忧，劝他少吃点，可是毫无用处，他的嘴似乎就停不下来。

去年 5 月，马士克参加了一次天湖小舟公益讲堂的健康讲座。

老师谈到，养生的最高之道是道法自然，我们想要身体健康，就必须向大自然学习，花生在太阳落山后双叶紧闭，在太阳升起时双叶分开，就是在告诉我们应该遵循什么样的作息规律。

健康生活有四大基石，一是要保持宽容乐观的心态，这个最重要；二是均衡营养的温热素食；三是适当的运动；四是充足的睡眠。

老师还说，我们想要的，这个世界已经为我们准备好了，就看我们愿不愿意去努力，去争取。如果我们想要健康，就要看我们能不能为此而付出时间和行动。

马士克举手发问："老师，我想减肥，有什么简单粗暴的办法没有？"

老师回答："一是节食，二是运动。"

从那天起，他真的按照老师的话去严格要求自己，晚餐不吃，每天去植物园跑步，雨雪天气，他就在小区的地下停车场锻炼。

我们的家人群，时常见到他在做弯腰、压腿、屈膝等拉筋动作的照片，仿佛是变了一个人。

不到半年，他的体重已经由原来的170斤变成了140斤，整个人看起来真的是神清气爽了，到今年，他的体重已经降到了标准体重130斤。

这就是改变，脱胎换骨的改变。

我问马士克："是什么触动了你开始减肥？"

马士克满脸的笑，他回答："那堂公益课，让我真正开始意识到了健康的重要性，特别是老师说的'我们想要什么，世界就会给我们什么'，这句话深深地触动了我，也改变了我。"

确实，那堂课，让许多人受益匪浅，都做出了深刻的改变。

想来也是，无论是行业的跨越，抑或是自身的改变，只要我们想要的，这个世界就会给我们，只要我们足够努力。

这一切，其实都源于我们对自己的认可和坚定的信念，当我们明确了目标，懂得了取舍，然后付出时间和精力大踏步地往前走，那么我们想要的一切，都会在我们克服种种艰难险阻之后精彩呈现。

我们想要的，世界早已经为我们准备好了。

极度自律者，懂得在生活里逆行

01

四姐，简直是女人中的"另类"。

她从不化妆，从不熬夜，从不喝饮料。

这个 40 多岁的女人，皮肤细腻，个子高挑，身材优雅。她的气质，办公室里那几个浓妆艳抹的小姑娘还真比不了。

我问四姐："你有保养秘诀吧？"

四姐哈哈大笑说："可能你都不信，我就冬天用用大宝，其他时间洗脸都是凉水一冲就 OK 了。"

我说："姐，骗人的吧，我媳妇那大瓶小瓶的护肤品快摆一桌子啦。"

四姐又笑了，她喝了一口水说：

"生活，不能随大流，要有主见，要懂得逆行。

"就拿喝水来说吧，大家喜欢喝各种饮料，而我一年四季都是温白开。果汁、茶水、牛奶、可乐啊，这些我都不喝，里面的添加剂太多了，距离水越'远'的饮品越不健康。

"大家都喜欢熬夜，而我这么多年，都是晚上10点钟睡觉，养肝保肝才能排除体内毒素，这样皮肤自然就会好很多。

"化妆品吧，里面有太多的化学成分，一层一层地抹在脸上，影响皮肤呼吸，我从来不用，不过我用黄瓜和番茄贴过脸，素面朝天其实最好最健康。"

在我眼里，四姐简直就是一位生活养生专家。

怪不得四姐的身材、气质、笑容都让人羡慕，原来她是一个极度自律却又懂得在生活里逆行的人。

02

五叔，今年82岁。

他眼不花、耳不聋，是我们家族最健康的人，很多晚辈见了他都自惭形秽。

他每天早上5点钟准时起床，在家做些双盘、深蹲、体前屈、老虎巡山的动作，6点钟开始朗读，据说读的都是四书五经之类的文言文。

然后，他步行去菜市场买菜，7点钟开始给老伴做饭，8点钟之后去城西广场唱戏，他是绝对的主角，声调和音色都不逊于专业的演员。下午3点到5点是五叔的门球时间，他曾经代表荥阳参加过全国的门球大赛。

晚上 7 点半，看完新闻联播，五叔就休息了。

前年 5 月，表弟结婚，我说开车去接他老人家，五叔拒绝了。

他说："这么近，我自己走路过去，一来不麻烦你们，二来也能锻炼身体。"城东到城西，近十里地的路程，我们到酒店的时候，五叔早已经到达了。

十里路，绝大多数年轻人都会选择开车，而他这样的八旬老人竟然徒步走过去，真让我由衷钦佩，心生敬畏。

酒店大厅，一群人围着五叔问养生之道。

五叔侃侃而谈，他嗓音洪亮："人啊，不能太享福，你们开车，我走路；你们大吃大喝，我五谷杂粮；你们醉生梦死，我节衣缩食；你们尽情享受，我尽找罪受。想要健康，就要这样，规律生活，回归自然。"

原来，我们的不舒服，是因为我们太过舒服。

五叔"找罪受"的生活理念，何尝不是一种逆行？怎么不舒服就怎么来，生活不能太过安逸享受，要尽量回归接近原始的本真。

03

这些年，我熬夜写作，缺乏锻炼，身体每况愈下，大病不犯，小病不断。

直到去年，我遇见了六师。

六师，年逾七旬，双腿盘坐，面容清净，神色淡定，眼光如炬，他边品茶边对我说："一切福田，不离方寸，想要获得健康，就要从心出发，发奋精进，逆水行舟，逆享受而行，逆安逸而行，逆舒服而行，逆快意而行。"

六师的话，瞬间把我点醒。

生命一旦被点亮，便会引爆无限可能，点燃无限激情。

我的生命，开始了新征程——让生活逆行，尽量接近原始的自然状态成为我的主旋律。

我纠正了在晚上熬夜写作的坏习惯，尽量晚上 11 点前休息。

大夏天，我开车不开空调，也不开玻璃窗，让自己大汗淋漓，通过出汗排出体内的湿毒。

常言道，掏钱难买天明觉，我却坚持每天早上 5 点半准时起床，去公园锻炼身体，呼吸新鲜空气，坚持每天走路一万步。

在别人山吃海喝的时候，我开始了节食计划，用餐后刷牙的方式逼迫自己闲暇时间不吃水果和零食。

为了减少身上的赘肉，我制定了锻炼计划，坚持每天至少做 100 个体前屈，200 个俯卧撑，300 个双腿跳。

……

就这样，我让自己坚持逆行。一年后，我的体重从原来的 160 斤减到了 130 斤。最关键的是自从逆行以来，我没有感冒和发烧过，参加单位组织的体检，各项指标都完全正常。

逆行，真的可以让人活得更加阳光和健康，让人精力充沛且富有无限遐想。世界因心而动，人生因逆行而大成。

04

总有一些人，像四姐、五叔、六师，他们或是旁敲侧击，或是直截了当地来点亮我们的生命。

他们在某一个时刻，让我们瞬间明白了一个人应该具有的真正活法——逆行。

莫要贪图享受，而要逆水行舟。

这个时代，物质丰富，高度文明，我们生活在钢筋水泥筑造的高楼大厦里，装饰豪华、四季舒适、食物充沛，我们忘记了所享受的这一切的背后是我们带给这个世界的深度污染和相互戕害。

我们束手无策，却又万般无聊、精神空虚，甚至娱乐至死、失常妖兴。面对未来的不可知，我们貌似只能采用不断地占有来构建自己的安全感。

我们自以为聪明绝顶，实则愚蠢之至。

殊不知，所有这一切，都是因为我们的悭吝贪婪和梦想颠倒。

我们都是来赎罪的，人类要想拯救自己，唯一的办法就是逆行，逆个性而行，逆舒服而行，逆贪婪而行，逆人性而行。

逆行，不是出风头、求异，也不是哗众取宠，而是理性、自律、不将就、不媚俗、不随波逐流。

往后余生，愿你做一条敢于飞跃龙门的鱼，愿你有逆行的勇气和决心，愿你每一天都在为自己热爱的事物奔走，体验更畅快淋漓的人生。

碎片时间，拉开人生差距

01

10 年前我看过一篇文章，说决定一个人成就的，其实是工作 8 小时外的时间。

那篇文章对我触动很大，要知道，那时候我每天除了工作，其他时间都是吃饭、喝酒、打牌、唱歌，每天和一些闲杂人等一起吃喝玩乐。

我曾经通宵打麻将，曾经喝得烂醉如泥栽倒在马路上，也曾经在迪厅里面"鬼哭狼嚎"到凌晨才昏头睡去。

那时，我觉得做好本职工作就行，其他时间随心所欲，生活就是用来享受的。可文章里"斜杠青年"的出现，对我来讲简直是当头棒喝。

因为我想起了我的爱好——读书、写作。

学生时代，我总是在闲暇之余读书，偶尔也写一些诗歌，大学的校报上也曾经发表过不少我的散文和小说。

那时，我的梦想是大学毕业后做一名记者。

参加工作后，当初的爱好和梦想都被琐事淹没，在时间的流逝和蒸煮中，我和大多数人一样，被锅碗瓢盆和柴米油盐风蚀成为生活里的妥协者和庸俗者，以至于我们总是在灯红酒绿和莺歌燕舞中去找寻梦碎的声音。

02

斜杠青年，如一盏明灯，点燃了我的梦想。

当我宣布不再打牌的时候，很多牌友哈哈大笑，他们说："你这老油条，在牌场上厮杀近 10 年，你要是能戒赌，我们花一万块钱请你吃饭。"

蛀虫、老九，这几个关系要好的表示要和我翻脸，说句实话，我真有点舍不得。

下定决心，远离牌场。

时间就这么被拧了出来，原来夜间三四个小时的打牌时间，我都用在了读书上。清晰地记得，那几年，我差不多两三天读一本书，偶尔有感想了，就尝试在 QQ 空间拼凑文字。

不知不觉中，我竟然在 5 年的时间里，写了近 20 多万字的文章。

那年春天，一个偶然机会，我们当地文联主席看了我的小说，给予了极大的褒奖，并积极联系中国文联出版社将我的小说集结成册，我的第一本书《此去经年》就这样"毫无计划"地诞生了。

御园茶馆，老九和蛀虫他们几个还在搓麻将。

我邀请他们参加我的新书发布会，他们瞪大眼睛，都不敢相信这是真的。

差距，就这样出来了，我用 5 年的碎片时间读书写作，日积月累，不经意间就出了一本书，而他们还在牌桌上斤斤计较着你赢我没赢。

03

至今，喝酒、唱歌、打牌、逛街、看电影这些消遣对我而言都毫无意义，我真的没时间去浪费生命。

朋友笑我，那你活得多呆板。

我说，生活是一场修行，需要我们用一生去完成，一分一秒都要好好珍惜。

很多朋友都知道，我吃饭特别简单，到了就吃，吃完就走，买衣服也是，看到合适的，一买就是三四件，其实就是不想浪费时间。

节省下来的时间，可以做很多事情，比如健身、读书、休息。

说起健身，我每天早上 5 点 30 起床，简单热身后，6 点开始讲课，7 点之前到公园走路拉筋，8 点 30 之前到单位；坐在凳子上的时候，轮换压腿，不坐的时候，起身扭腰、体前屈；午睡前，闭目静坐 10 分钟；下午空闲时间，锻炼眼耳鼻舌；晚上睡觉前，继续一字马、金刚坐等动作。

我一说休息，很多朋友都笑话我："睡觉谁不会啊？"

其实，休息是一门学问，一是要会夜间睡眠，二是要懂得利用碎片时间闭目养神。我们太喜欢熬夜了，美其名曰享受孤独，实则是在作死，要知道，黑夜是让我们安心睡觉的。用眼过度是当代人的通病，所以我便利用一切可以利用的时间，让自己闭闭眼养养神。

时间就像是海绵里的水，挤挤总是会有的。

就这样，在日复一日，年复一年的长期累积中，我的身体状况得到了极大的改善，特别是以前因为打牌抽烟引起的肺病和肝病，也都在碎片时间的锻炼里悄然痊愈。

04

生命看似很漫长，其实特别短暂。

当我们懂得了时间的珍贵，也就明白了每一次没让自己提升的放松就是在挥霍生命。

我们身边的许多厉害的人，都善于利用碎片时间，在碎片时间里不断锤炼自己，他们懂得逆行、安于清净，懂得奋发、安于孤独，懂得坚持、安于无名。

成功不是幸运和偶然，它是所有努力沉淀的代名词。

上天是公平的，每个人的时间都是一样的。

每天 24 小时，假如 8 小时上班、8 小时睡觉，还有 8 小时休闲，那么，你会利用这 8 小时学习、赚钱还是聊天、消遣？

别说没有时间，只有死人才没有时间。

时间都是挤出来的，合理利用碎片时间，才能使有限的生命创造无限的价值，才能过更有意义的人生。

零碎的时间最宝贵，但也最容易被遗弃。只要你今天比昨天努力一点点，日积月累，你就会比别人牛气一大截。

充分利用好碎片化时间，你终将到达你想去的地方。

PART 2

不给熟人掉链子，不给生人添麻烦

◇

那些我们以为早已经被淡忘的友情，

原来一直都陪伴在我们的身边，

那些我们从前不敢想象的跋山涉水，

如今都可以在瞬间到达。

我想送你回家，东南西北都顺路

生命不长，而给予却总是那么厚重。

01

10 年前，我参加过一个培训。

学员来自各行各业，大家吃住在一起，我们仿佛回到了学生时代。5 天时间，我认识了几个朋友，也算是这次培训的收获之一。

四个人为一组，同住一个宿舍，同坐一张桌子。组长张越是中牟人；另外两个室友，一个来自新密，另一个来自登封；我是荥阳人。

结业的前一天晚上，张越弄了几个小菜和一件啤酒，我们在宿舍里喝得惺惺相惜。

张越说："我开车来了，明天挨个送你们回家。"

我们三个断然拒绝，异口同声地说："这可不行，你在郑州东边，我们三个都在郑州西边，太不顺路了，不能耽误你的时间，我们各自打车回去就行。"

张越表情严肃，他说："不当我是兄弟？什么耽误不耽误，对你们，我总有时间。"

感情就害怕在短时间内骤然升温，张越的坚持，让我们感觉到了分别的不舍。

次日，我们先去登封，再去新密，最后送我回荥阳。

汽车在郑少高速上飞驰，在道路两侧的高楼大厦和绿树花草映衬中，我们甚是欢喜地谈天说地。

那一程，我们都在想，如果没有这次逐个送行，这次培训会不会少点什么？

张越这个朋友，让我另眼相看。

这些年，我们四个人一直保持着联系，成了那种有事没事常联系的好朋友。

这个快节奏的时代，谁都很忙，大家的时间都很宝贵，但张越却逆行百余公里送我们回家，特别是他那句"对你们，我总有时间"，是一种感人至诚的用心。

02

去年，开车回老家。

行至河王大坝，车胎漏气抛锚。

打开后备厢，备胎常年没用，也是没气状态。

拿起手机，翻开通讯录，搜索"轮胎"，跳出"大伟轮胎"，仿佛瞬间看到了希望。这是以前修补轮胎时存储的紧急联系电话，那一刻为自己的远见感到自豪。

拨打后，语音提示：您所拨打的号码是空号，请查证后再拨。

我又想起了李志军，我们都叫他军哥，他有一家大型汽车修理厂，也是我们普力联益会的会员。

毕竟他是修理大车的，不知道给小车补胎充气不？心里犹豫不决，最后还是拨通了电话。

我问："军哥，有时间没有，能帮个忙不？"

军哥大嗓门："兄弟，甭客气，有什么吩咐尽管说，啥有时间没时间的，对你，我总有时间。"

我刚说了句车轮胎没气了，他就说："你微信给我发个定位，我马上到。"

不到 20 分钟，军哥就到了。

他带的两个修理工麻利地卸下套筒扳、千斤顶等工具，开始拆卸轮胎，把轮胎放在皮卡车上的小水槽里测试漏气部位，然后使用专业的拆胎工具拆胎补胎，最后是充气安装，前前后后不到15 分钟就搞定了。

我问军哥："你那修理大车也有这家伙？"

军哥的小胡子往上一撇，他笑着说："我哪有这东西，去隔壁同行那，连他们的人和车一起借来的，你没看出他们补胎水平如此专业吗？"

我还没有来得及说谢谢，他就说："赶快回家看老娘吧，别让她老人家等急了。"然后就驾车疾驰而去。

没有人手和工具，便去借人借工具解我的燃眉之急，这样的朋友，让人为之感动，让我倍加珍惜。

每个人的时间都很珍贵，李志军这样的朋友，把时间用在了解朋友的急之所急上，他的"对你，我总有时间"，是对朋友无私帮助的仁义。

03

去年冬天，夜里 10 点，我在单位加班。

翻阅朋友圈，看见媳妇发动态：突然想吃麻辣烫了。

我知道，媳妇想吃的是河阴路皇冠家的麻辣烫，微辣中略带一些酸酸的味道，还有就是不要海带，多加点生菜。

路上有雪，天黑路滑，媳妇大概不敢自己驾车去买。

近期，我和同事们在完成一个调研项目，不能提前离岗，又害怕皇冠家关门，我就联系了小增。

小增还在剪辑一个片子，问我："啥事，舟哥？"

我赶紧致歉："不好意思，你忙吧，不打扰你了。"

小增一下子提高音调："啥事，说，哪里有什么打扰。"

我说："算了，不耽误你时间了，我再找个人。"

小增急了："舟哥，可别这么说，我的时间就是你的，随时听你调遣，只要你一句命令就行。"

我就跟他说了事情原委，他在电话里说："半小时给嫂子送家门口。"

我给他微信：微辣，少加点醋，不要海带，多放生菜。

他回复：遵命。

半小时后，我媳妇打开门，看见小增嘴里冒着哈气，手里掂着一碗麻辣烫站在门口，她激动得有点不敢相信自己的眼睛。

小增笑着说："我可没有看到你的朋友圈，是舟哥安排我送的。"

媳妇给我发来微信，照片上的那碗麻辣烫冒着热气腾腾的香气，她正津津有味地品尝幸福。

小增给我微信：舟哥，完成任务，今后有什么事需要兄弟跑腿的尽管说，对你，我总有时间。

真的特别感谢，那些把时间挤出来帮助我们、支持我们的人。

我想送你回家，东南西北都顺路；

我想帮你的忙，调兵遣将也得赶来；

我愿意替你跑腿，无论风霜雨雪，还是昼夜朝夕。

时间，是朋友间最好的滤镜，它让我们的友谊更加光洁无瑕，我的时间就是你的时间，这是朋友给予我们最美好的珍存。

要记住每一个对你好的人，他们原本可以不这么做。

我很忙，但与你，我总有时间。

其实，这是一种生命的让与和付出，是一种把你有限的生命切割出来一部分，让它来延伸和扩展我生命的长度和宽度，让它来成就和打造我生活的美好和幸福。

如果，你也有对你说"对你，我总有时间"的朋友，请一定要好好珍惜，因为生命不长，而给予却总是那么厚重。

人生如甘蔗，每个节点都是一个转折

幸福，其实很简单，就是一根甘蔗而已，吃的是甘蔗，品的却是爱的味道。

01

上周末，约周志国来家吃饭。

他和媳妇九儿没多久就到了，一开门，外面的凉气扑面而来，进屋后，他俩一边搓手，一边寒暄道："屋里真暖和啊。"

外面下雪了，玻璃窗外，大片的雪花飘落着，地面上已经薄薄地铺上一层白雪了，这是 2019 年的第二场雪。

瑞雪兆丰年啊，九儿笑着说："每次来你家总是感觉特别的温馨。"

一盘炒菠菜，一碟水煮花生，四杯石榴酒，杯盏相碰，和着屋顶柔和的灯光，温馨，美好。

媳妇说："也许，这就是幸福。"

周志国就说了一个字："美。"

九儿说："踏雪而来，不虚此行，窗外天寒地冻，室内温暖如春，吃着小菜，喝着小酒，怎一个美字了得。"

周志国赶紧举杯道："嫌弃俺没文化不是，我自罚一杯！"

然后一饮而尽，我们开怀大笑。

饭间，周志国说："我来的时候，特想买根甘蔗带过来，小时候，都是过年的时候才能吃，感觉好久都没有吃甘蔗了，开着车在东区转了几圈，愣是没找着。"

屋内瞬间从热闹陷入了沉默。

是啊，想想也是，小时候家里都穷，只有过年的时候才能吃些好东西，甘蔗是过年的时候才有的。冰冷的冬天，手里拿着爸妈砍过的甘蔗节，用牙齿啃掉一圈甘蔗皮，迫不及待咬上一口甘蔗心，在嘴里嚼啊嚼，溢在嘴里的甘蔗汁凉凉的、甜甜的。

吃甘蔗，成了现在的我们最美好、最甜蜜的回忆。

02

昨晚，单位加班。

晚上 8 点多，媳妇给我发微信：你回来的时候，给我买两节甘蔗吧。

我回复：领旨。

加班完毕，已经是夜里快 11 点了。推开一楼玻璃大门，寒风迎面扑来，我禁不住打了个寒战，赶紧把棉衣裹得更紧了。

启动车子，车屏显示室外 -8℃。

车子沿着荥泽大道一路向北，道路两侧路灯上的中国结红灯笼把这个宁静的城市渲染的年味十足，时间真快，再有 10 天就该过年了。

我预测，豪布斯卡门前的小摊贩应该有卖甘蔗的，结果没有。继续向西，想着京城大街两头应该有的，结果也没有。左转，沿京城路向南到康泰路向西，我预测老三中门口应该有的，结果也没有。

已经是夜里 11 点多了，大街上冷冷清清的，这大半夜的哪里去找甘蔗啊？

突然想起，前几天去郑上路南苑春光拜访赵思贤老师，他小区的门口有个卖甘蔗的，我如获至宝，驾车前往，很可惜，也已经没有甘蔗摊了。

郑上路继续向西，到塔山路再向南，到大海寺路口的时候，我看见十字路口的东北角，有一个卖甘蔗的。

那一刻，我觉得自己好幸运。

停车，打开车门，还是那样的寒冷，冰冷的风，打在我的脸上，生生地疼。

也许这就是爱吧，她想吃甘蔗，我就愿意驱车十几公里，满城地找，不遗余力地找，只要能找到，只要能给她带来幸福和愉悦就好。

03

我向甘蔗摊走过去。

一辆三轮车，几根甘蔗竖在三轮车上，车旁站着一个中年男子，他很瘦，有50岁的样子，穿了一件很旧的军绿棉大衣，双手插在袄袖里，不停地踱步。

天太冷了，他一定是冻坏了。

我叫了声老板，中年男子应声问道："买甘蔗吧？"

我回答："嗯，买一根。"

男子说："你挑一根吧。"

我说："我不懂，你帮我挑一根吧，找个甜的。"

男子帮我挑好，一上称，他说："你看看秤，7块钱。"

我说："没事，不用看了，你直接削皮吧。"

男子左手拿甘蔗，右手拿削皮刀，削皮刀贴在甘蔗上自上而下地划拉，甘蔗皮一长条一长条地从削皮刀里飞出来，形成一道极美的弧线，落在地上不高的垃圾桶里。

我问男子："半夜了怎么还不回家？一根甘蔗才赚多少钱？"

他说："这么冷的天谁不想回家睡热被窝啊，可是家里还有老人和两个正在读大学的孩儿，不干不行啊，你这根甘蔗7块钱，除去成本，能挣你2块钱吧。"

寒风袭在他的手上，我看见他的双手已经被冻得通红。

我想起了周志国也想吃甘蔗，就对这个男子说，再买一根。男子又帮我挑了一根，这根也是7块钱。

我扫码支付了16元。转身离开，听见男子在喊："兄弟，你多支付了。"我回复："没事。"男子大声道："谢谢，谢谢！"

坐进车里，透过车窗，我看见这位男子再次抄起袖子，继续在那跺脚。

突然间，我想起小时候，也是这样的冬天，随父亲一起到这个城市卖家里种的白菜，卖了一天也没有卖完，一直卖到天黑。那时我也像这个中年男子一样跺着脚，一边流泪，一边问父亲什么时候才能走，父亲说把剩余的白菜卖完就走，我们就一直在寒风中等待。那时候我是多么期待，能有一个人，能有一个人能一下子把我们的白菜都买走啊，这样我们就可以回家了。可是到了深夜也没有，最后我和父亲还是拉着剩下的几棵白菜回家了。

这个男子，他的个头，他清瘦的样子，他站在风中抄手跺脚的样子，和当年我的父亲一样。

我下车，再次走过去，男子愣在那里，吃惊地看着我，他想张嘴说话，我先开口了："剩余的甘蔗我都买了。"

9根甘蔗，我又支付了80元。

这个男子终于可以不用再在寒风中受冷受冻了，再也不用无助地等待有人来买他的甘蔗了，他终于可以骑着三轮车回家了。

04

我给周志国打电话。

这家伙竟然还没有睡觉，一听说我给他送甘蔗，兴奋地说："舟哥，这就是幸福啊，想吃甘蔗想了好几天了。"

我给他一包削过皮的，又给了他四截半带皮的甘蔗。

周志国看到我的后备厢还有很多半截半截的甘蔗，开玩笑道："你这是打算去卖甘蔗吗？"

我哈哈大笑。

他也笑着："舟哥，又办好事了吧。"

这就是朋友，无须多言，他就懂你。

我准备盖后备厢，他开口了，再给我几根，明天给我爸妈送回家，他俩也喜欢吃甘蔗。

这家伙，好样的！

到家的时候，媳妇正在看书，看见甘蔗，很是兴奋，她说："我想这么晚了，一定没有卖的了，你竟然买回来了。"

媳妇咬了一口甘蔗，边嚼边说："真甜。"

幸福如甘蔗，咀嚼尽是甜。

生活就是如此，你想要的，只要努力就一定能够实现。就像幸福其实很简单，就是一根甘蔗而已，吃的是甘蔗，品的却是爱的味道。

　　人生如甘蔗，每个节点也许都是一个转折，都需要我们咬牙坚持，就像那个在寒风中卖甘蔗的男子，挺过去，就是光明坦途，就会拥抱幸福。

　　那夜，我梦见了父亲，他向我微笑。

　　他在的地方，没有寒冷，四季如春，和煦阳光，暖意洋洋，人与人之间流动的都是爱，爱很甜，就像冬天的甘蔗，丝丝润喉，滋养心田。

我的好朋友，都在朋友圈

爱，让一切成为可能。

01

6月中旬回老家的时候，母亲说："你七叔家的桃子熟了，可他前一段时间把脚扭伤了，桃子也卖不成了，往年他还能骑个三轮车去荥阳卖些，好歹挣点儿。你也知道，他孤苦伶仃一个人，都50多了，连个老婆也没有，挺不容易的，眼看桃子都掉地上烂了，怪可惜的。你朋友多，能否发个朋友圈，让有需要的朋友来地里采摘，给不给钱无所谓，总比桃子烂地里强。"

夕阳的余晖，照在偌大的农田，七叔就在桃园。

他还是老样子，傻大个，憨憨地笑，见我来了，赶紧瘸着腿去给我摘桃子，我咬了一口，桃子露出黑红的果肉，甜津津的，好吃极了。

七叔说："咱这桃树撒的都是农家肥，不用化肥，所以吃起来又脆又甜。"

我拍了些照片，发了个朋友圈，附带了一些文字说明，还有桃园的具体位置和七叔的联系方式。

返程回荥阳的时候，这条朋友圈的评论和点赞已经超过了200个。

时常潜水的朋友也留言说：这个周末就带着孩子进园子摘桃。

接下来几天，我看到几个朋友晒了去七叔园子里采摘的照片，说这里的桃子又大又甜，欢迎朋友们也来采摘。

几天后，母亲给我电话："你七叔家的桃子被摘完了，再也不用发愁卖了，而且今年的收入比去年还多呢。"

这就是朋友的力量，这就是朋友圈里朋友的力量。

朋友是一种潜在的动能，他们总是在我们需要帮助的时候默不作声地爆发。

其实，很多朋友都是更愿意做一名默默关注我们的观众，在我们遇到困难的时候，他们会迅速浮出水面伸出援手给予支持，这样的朋友才是好朋友、真知己。

02

六姐，是我徒步沙漠的队友。

那天，在大漠的孤烟里，我们互加了微信。

她的第一句话就是："小舟，你把我屏蔽了吧，我朋友圈经常发些广告，不要影响到你。"

我笑道："今后就是朋友了，哪有影响不影响的，我不会屏蔽你的。"

六姐，50岁左右，家在开封，她的故事有点传奇。

15年前，她老公跳入冰河营救一名落水儿童，孩子得救了，老公却永远离开了她。老公去世后，六姐的生活变得艰辛起来，上要孝敬公婆，下要照料儿女，但她却忠贞于爱情，誓死不再改嫁。为了贴补家用，这些年她便做起了微商，时常在朋友圈发些牙具、化妆品的广告。

六姐朋友圈的广告确实不少，几乎每天都是连环轰炸式的发布。

每次看到，我都会给她点赞。她会很快回复：谢谢小舟。

我给六姐发微信：买50支牙刷。

六姐回复：不会吧，第一次见买这么多牙刷的，太多了，我送你几支吧？

我说：送的不要，我就买50支，第一我家人用，第二我要送朋友，第三见证我们的友谊。

六姐拗不过我，只能收下我的微信转账。

后来，我又陆陆续续从六姐那里买了面膜、眼贴、爽肤水之类，媳妇说挺好用的。

我觉得，六姐的商品里，更多的是她的故事和人品。

上个月，六姐给我寄来了童子鸡、麻辣花生等一大堆好吃的开封特产，她说：小舟，这些年，有许多像你这样的朋友一直在帮助我、支持我，而且，很多朋友都是未曾谋面的，仅仅存在于朋友圈，谢谢你。

我回复：不用谢，六姐，我和你一样，我的好朋友，也都在朋友圈。

03

孔伍，是我同学。

高中毕业后，我们很少联系，两年前，我们在同学群里相互添加了微信好友。

孔伍在南京，我在荥阳。

因为一直没有什么交集，也就没有什么交流。偶尔，我在朋友圈里看到他的动态，我们之间最多也就是点个赞而已。

那晚，临睡前，我看见他发了个文章链接，名为："拜托好心人，救救我父亲！"打开一看，原来是他的父亲得了尿毒症，祖父母年迈，母亲早逝，家庭贫困，需要医疗费用 10 万元，现已筹集 8 万多元。

我有个习惯，凡是我在朋友圈里看到水滴筹、轻松筹之类，都会或多或少地给予支持。毕竟是同学，于是，我就毫不犹豫地捐款 100 元。

没有几分钟，孔伍就私聊我：舟哥，看到你的捐款了，万分感谢。

我回复：希望老父亲尽快康复。

我看见我们之间的聊天框，孔伍输入，又停止，再输入，却又再停止。

孔伍一定有难言之隐。

良久，他发来信息：舟哥，知道你的人脉广，能否在您的朋友圈也帮我发个链接，如果不方便就算了。

其实，我从来不在朋友圈发点赞、投票、广告、水滴筹这样的链接，因为朋友圈也是一种资源，我们行为做事，人情人脉不能用尽。

犹豫之后，我回复：没有什么不方便，我现在就发。

次日，当我再打开这个链接的时候，我发现下面参与支持的许多都是我的朋友，筹款金额已经接近 9 万。

我知道，这就是朋友圈里朋友的力量，这些力量不可小觑，是我们一辈子无形的财富。

有多少人每天都走进你的朋友圈，只为看看你的心情；有多少人默默关注你的更新，只为心底的牵挂。

我一直都在你的朋友圈，虽然我们平时疏于联系，但我却时常都在关注着你。

很庆幸，我的朋友圈有你们这样的好朋友。

那些我们以为早已经被淡忘的友情，原来一直都陪伴在我们的身边，那些我们从前不敢想象的跋山涉水，如今都可以在瞬间到达。

爱，让一切成为可能。

你的需要，就是我的需要；你的快乐，就是我的快乐；你的悲伤，就是我的悲伤；你的永远，就是我的永远。

如果，有一天，我要失去所有，我希望，最后一个失去的是朋友圈，因为，我的好朋友，都在朋友圈。

真正的友谊，是细水长流与君同

细水长流，与君同；繁华落尽，与君老。

01

在 1998 年，大学毕业，我和袁四毛抱头痛哭。

那时的航海路还是郑州的最南端，夜市大排档烤着羊肉串，浓烟滚滚，我和袁四毛不断地举杯，啤酒顺着我们的肚皮往下流。

四毛说："舟哥，大学这四年，有你这样的朋友，值了，我们要做一辈子的好朋友。"

再干一杯，我说："那是必须的。"

凌晨 2 点的大学路，只有路灯和影子，我和四毛喝多了，我俩边走边哭，四毛说："舟哥，泪水为我们见证，不管未来如何，我们的友谊天长地久，因为我们为彼此哭过。"

时光不老，我们不散。

那年 6 月，一个叫毕业证的东西，让我们又一次背起行囊，从来自东西又各回东西。袁四毛回了登封，我回了荥阳。

我们害怕分离，却只能被分离。

那时，我们分明觉得时间不是问题，距离更不是问题，只要我们的心在一起，我们永远不会分离。

02

其实，我们本无分离。

袁四毛这小子有福气，他爹把他安排进了金融系统，而我，跌跌撞撞几年后，在一家报社做"苦逼"的打字员。

那几年，我穷得很，敲一篇 2000 字的文章，才有 10 块钱的收入，一个月的工资不到 500 块。

袁四毛比我收入高，2000 年，他时常给我打电话，邀请我去登封。

登封，在我的认知里是一个很远的城市，因为少林寺的名气，我也一直有所向往。大巴车从早上 7 点摇摇晃晃从荥阳出发，10 点左右才到登封汽车站。

袁四毛竟然开着一辆桑塔纳轿车来接我，要知道那时这样的两头尖的汽车可是非富即贵者才能坐的。

我吃惊地问他："你都会开车了？是你的车吧？"

四毛笑着说:"驾照是才考的,车是借朋友的,为了迎接你嘛。"

登封两日,少林寺、中岳庙、嵩阳书院,四毛带我逛了个遍,晚上我们住一个房间,聊天到深夜,仿佛又回到了学生时代。

四毛是我大学时的班长,他的志向还是那么高远,那天他对我说:"我们这是山区,贫困家庭很多,未来几年等我混得好了,我要资助几个贫困学生。"

汽车在马路上奔驰,道路两侧的树木、行人、街道、高楼不断地往后退,四毛的话一直在我耳边回响:

人活着,总得做点有意义的事。

03

2008 年,袁四毛从银行辞职了,他有了自己的公司。

这一年,通过 QQ 空间,我看到袁四毛资助了一名贫困学生。他空间的签名是:生命的意义是不断奉献,而非不断获取。

也是在这一年,作为记者,我亲历了汶川大地震后的救援工作,见证了生死刹那,明白了生命要义,懂得了生活取舍。

袁四毛,他简直就是我的方向。

随后几年,每每翻阅 QQ 空间的时候,总能看到袁四毛走进山区,为孩子们送去学习用品、生活衣物、柴米油盐等,这家伙活得越来越有精神了。

我开始也在暗中给自己加油，等我有能力了，我要学习袁四毛，也要去帮助一些人，和他们共渡难关，为他们排忧解难。

　　终于，在 2013 年，我和朋友们成立了普力联益会，每人每年拿出 5000 元作为资助金，专门帮扶荥阳范围内的孤寡老人和贫困学生。

　　袁四毛给我电话祝贺："舟哥，你可以啊，也开始做公益啦。"

　　我说："向你学习，向榜样学习！"

　　他说："还记得我们大学毕业，喝多那晚的约定吧，时光不老，我们不散，让我也为你们荥阳，尽一份微薄之力吧。"

　　袁四毛给普力联益捐款 2 万元，我知道，这是支持，也是信任，更是同行。

　　细水长流，与君同；繁华落尽，与君老。

　　原来，真正的友谊不会被时间和空间隔离，真正的友谊之所以天长地久，是因为友谊的双桨总能同频共振、风雨同舟。

04

　　2016 年 6 月，袁四毛来电。

　　接通，一个女人哭着说："我是四毛的爱人，四毛昨天去山里看望一名大病患者，因突发大雨，车翻悬崖，四毛走了。"

　　这简直是晴天霹雳，不，我真的不能相信，四毛，他才 40 岁。

　　给四毛送行的人很多，四毛就躺在那里，仿佛是睡着了一样，他微笑着，是如此地平静。我告诉自己：登封，我再也不来了，这个城市给了我太多的惊喜，也给了我太多的悲戚。

我一直觉得那是我最后一次去登封。

2018年10月，我徒步穿越新疆塔克拉玛干沙漠，结识了登封的袁花开，她是一名中学老师。

也许是因为登封，也许是因为袁四毛，我对袁老师有一种特别的情感，这种情感无以言说，难以诉说，更无人可说。

2019年1月，袁老师在徒步群内发了一个信息：检查宿舍时，发现一个特困学生连个过冬的被子都没有，家长说要等到村里发补贴后才能给孩子买被子。

我的神经一下子被提了起来，毫不犹豫地回复道：这个孩子我来资助，过冬的被子我今晚送到，不能让孩子再挨冻了。

是夜，我带着被褥和棉衣驱车赶往登封白坪镇中学。

返程，已经是夜里12点。

汽车在高速公路上飞驰，车窗外是黑漆漆的夜，视野范围内的闪光点组成了一条蜿蜒曲折的时空隧道。

我想起了袁四毛，如果他还活着，他也一定会为这个孩子连夜而来。

打开车窗，我对着大山喊："袁四毛，时光不老，我们不散！"

山的那边传来回音："时光不老，我们不散。"

钱与岁月，可以让我们看清许多东西

有些东西，我们看不清，那是因为时间还没有走到最后。

01

我刚上班，就认识了陆六格。

那时候，陆六格很有钱，出手阔绰，我们还骑着自行车，在路边买绿茶尝鲜的时候，他就已经开上了桑塔纳，后备厢里是整箱的绿茶。

2004 年的成皋路夜市，浓烟滚滚，整条街道弥漫着烤羊肉串的味道，陆六格请我们"撸串"、喝啤酒，我们敞着胸、裸着背，坐在梧桐树下，摇头大风扇刮出来的风都是热乎乎的。

陆六格喝多了，他叫唤着服务员，一副财大气粗的样子："买单，算算多少钱？"

老板一路小跑过来，弓着腰、拿着计算器一通捣鼓，说："共计 285 元。"

陆六格叼着烟卷，扭了扭屁股，从大裤衩里掏出一个鼓囊囊的钱包，从一沓百元大钞中抽出 3 张，递给老板，说："不用找了。"

老板一个劲地点头哈腰："谢谢老板。"

我们都羡慕得要命，我们什么时候才能这么有钱。

陆六格喝多了，抱着一棵树狂吐，我给他捶背，他说："舟哥，就你对我好，我们要做一辈子的好朋友。"

02

我要去郑州办事，给陆六格电话，看能否借他的车用一天。

这是我第一次向他借车，没想到陆六格很爽快地答应了，没多久，他就把车开到了万山路口。

下车，他把车钥匙给我，还说了句："油给你加满了，这几天我没啥事，你随便开，注意安全就行。"

在郑州，给父亲做完检查，回到荥阳已经是晚上 8 点多了。

陆六格听说我父亲还没吃饭，就赶紧联系了一家饭馆，点了几个菜，我们到的时候已经可以开吃了。

餐毕，陆六格又开车把我父亲送回老家。临走，父亲对我说：

"你朋友人真好。"

确实，初涉社会的我，真切地感觉生命中遇见了真朋友，有这样设身处地为朋友着想的哥们实属难得。

那些年，陆六格帮我最多的就是借我车用了。

2005 年底，我的孩子出生。

那时，经常去郑州儿童医院给孩子看病，情况实在是紧急了，就给陆六格电话，他总是第一时间赶到我们小区，车子总是加满满的一箱油。

有次，我单位有事，实在是脱不开身，就让陆六格开车带我媳妇去郑州给孩子看病，媳妇抱着孩子不方便，孩子的检查费、医药费也都是陆六格给支付的。

我得把这个钱还给陆六格，问媳妇："多少钱？"媳妇说："不知道，陆六格不让看单子。"

媳妇说，回头有机会了，多回报人家。

陆六格就是这样的人，帮助朋友尽心尽力，贴钱贴功夫，帮了你的忙，还不给你机会还，特别是在钱的问题上，丝毫都不吝啬。

03

2007 年秋，陆六格给我电话。

他说："舟哥，家里遇到了点困难，想找你借 3 万块钱用

3个月，看你能帮忙不？"

我和媳妇都是工薪阶层，确实没有存款。

和陆六格认识也三四年了，他的人品值得信赖。媳妇说："不行的话，你去转借下，谁能不遇到个困难。"

我找好友丁借了3万元，给陆六格送去。

陆六格流着泪说："舟哥，患难见真情，我找了好几个人都说帮不上，谢谢你。"

我说："哥们，我困难的时候，你也没少帮我。"

朋友之间，就应该这样，困难时候，相互帮扶，共渡难关方能显现真友谊。

04

3个月很快过去。2008年春，陆六格依旧没有提还钱的事。

我七拼八凑还了朋友丁的钱，因为我知道，诚信才是一个人的立足之本。

我给陆六格打电话，他说："舟哥，下周尽量还你，请放心。"

一周过去，我再打电话，陆六格说："舟哥，下个月我尽量还你，请放心。"

一个月过去，我继续打电话，陆六格还是说："舟哥，明年我尽量还你，请放心。"

兄弟，我已经不放心了。

一转眼，陆六格的借款期限，从当初的 3 个月，到后来的 3 年，从开始的电话还接，到后来的电话不接，看来这还款是遥遥无期，希望渺茫了。

　　2015 年，是借钱的第 8 个年头。

　　我和媳妇已经不再为借给陆六格钱而生气了，我们已经商量好了，这钱不要了，不能因为这事而影响我们的生活，影响我们的心情。

　　看来，钱与岁月，可以让我们认清许多东西。

05

　　我和媳妇几乎已经忘记了陆六格。

　　2018 年冬，陆六格给我电话。

　　他说："舟哥，欠你的那 3 万块钱，欠了十几年了，现在我终于有能力还你了。"

　　原来，这些年，陆六格的日子一直不好过。

　　2007 年，父亲被骗，家里生意处于低谷。2010 年，陆六格又出车祸，撞死一人，赔款判刑。2011 年出狱，2012 年到广东打工，这一干就是六年，不过也算是小有所成，现在在一家公司做执行副总。

　　我说："你受苦了，当初遇到这么大的困难，怎么不跟哥说。"

　　陆六格说："不想再拖累你们了，就这，你们对我的恩情我永远都报答不完呀。"

我和陆六格的手再次紧紧地握在一起。

刘禹锡公园的雪，还没有完全融化，风吹来，树枝上的鸟雀一群群飞向远方，步行道在我和陆六格的脚下往前延伸。

我误解了陆六格，内心无比自责。

原来，这是真的，钱与岁月，真的可以让我们认清许多东西。

有些东西，我们看不清，那是因为还没有走到最后。

一个人的真正老去，从丧失自我开始

你还没有活出你自己。

01

朱克，27岁，公司办公室文员。

朱克推开办公室门的那一刻，一股"杀气"扑面而来，所有的人都目送着她坐下，有说有笑的气氛瞬间窒息。

没几分钟，便听见朱克抽泣的声音。

同事们赶紧去劝说，半小时后，朱克的情绪稍微稳定了些，我们才知道事情的原委：

上午，她在大街上看到一个流浪者在垃圾桶里捡食物吃，就买了一个汉堡送过去。

此景，正好被路人抓拍，视频一经传播，就传到了她的朋友圈，下面的评论中伤了朱克，有的说这是在作秀，有的说不就是为了点赞量，有的说这明显是摆拍嘛，还有的说现在的人为了吸引眼球什么事干不出来？

要知道，朋友圈只能看见好友的评论。

这些评论朱克看得气血冲头，她生气的是为何做好事，竟被那么多人误解？

我们看了视频，安慰她说："只不过是录了你的背影而已，没有人知道是你。"

听我们这么一说，朱克更生气了："我生气的正是他们不知道是我才这么说的，你们说说这人心怎么能冰冷到这种程度？"

我们听得出朱克的委屈。

原来，她是一个一直活在别人眼里和嘴里的人，她害怕别人说她的不好，害怕别人对她误解，害怕任何人对她说三道四，她是一个还没有活出自己的人。

别人嘴里的你，与你无关，若说有关也是庸人自扰。

做人，你再好，也有人讨厌；你再善，也有人指点。

毕竟众口难调，众心难悦，与其讨好众人，不如做好自己！

02

一个人，想要做点事，很难。

前行的路上，有各种各样我们意想不到的困难，也许任何一块绊脚石都会让我们的梦想夭折，也许任何一个理由都能让我们失去自我。

有人劝你不要折腾了，这样挺好的，何必呢？有人劝你，你出什么风头，枪打出头鸟；有人劝你，认命吧，所有人不都是这样？有人嘲笑你，那好吧，我们看看你这只丑小鸭如何变成白天鹅。

于是，很多人退缩了，他们把自己的理想变成了落汤鸡，变成了和很多人一样日复一日地得过且过。

于是，很多人在别人的眼光和流言蜚语中放弃了自我，他们把自己活成了别人想要的那个他，他们把自己活成了成千上万个平凡而平庸的样子。

一个人的真正老去，是从丧失自我开始的。活出自我，什么时候都不晚。

人生须尽欢，诗酒趁年华。

余生不长，要忠于自己的内心，活出自我，做自己喜欢的事，填满每一个苍白无聊的日子。只有这样，生活才会变得有声有色，这一辈子才不算白活。

别人怎么说、怎么看，都不重要，重要的是自己想怎么活。

人若能活出自我，自然就不会与他人攀比，不会在意他人的评价，自然变得乐观坦荡，生命也就变得单纯而喜悦了。

人生只有一次，我要活成一束光，我要活成最亮的那颗星，我要活出我自己，这才是我们应该活成的样子。

　　所有想活成自己的人，我们一起加油！

多少人，都把自己活成了囚徒

10 年前，在一次培训中我和艾名认识。

那时，她是一家上市公司的财务总监，老公能干，女儿懂事，父母康健，她本人也是仙姿玉色、面若桃花，大家都夸她是仙女下凡，娉婷袅娜。

2013 年，她平静的生活被打破。

那年 8 月，有闲言碎语传出，说艾名是第三者，她喜欢上了一个有钱有势的男人，而且说得有板有眼，甚至精确到某天某时被老公抓了个现行。

艾名崩溃了。

这个贤妻良母怎么能承受得了这样的恶名，她开始发疯一样地去证明自己的清白。

她去该酒店调取了当日录像，把截图发在贴吧里，来证明自己没有去这个酒店；她把老公写的回应发到了朋友圈，来证明老公对她的信任和谣言的不可信。

后来，艾名去公安机关调取发帖子的 IP，她去法院起诉那个 IP 地址的网吧，再后来网吧倒闭，她还在网上发布她所谓的证明材料。

她老公劝她："我相信你，不要再这样了，清者自清，你没有必要为了一个莫须有的罪名一而再，再而三地去折磨自己。"

前年，公司辞退了艾名，她成了一名专业的告状户。

这些年，她把自己过成了"鬼"，家里人害怕她，朋友们躲着她，她经常蓬头垢面地出现在大街上，在最繁华的地方歇斯底里地喊着："我不是小三！"

艾名已经得了精神病了。

一个人，如果被名所困，成了名声的囚徒，实在可悲，要知道，所谓的名声不过是过眼云烟，做自己应该做的，凡事不被外界所干扰才是真正的好名声。

02

朱利，同学中的传奇人物。

2005 年，他辞去公职，下海经商。

从最初的鞋店，到后来的服装品牌连锁，再到现在的餐饮、酒店、农业和房地产，处处都有他的身影。

据说，他的资产将近 5000 万。

上次春节，我们同学组织了一个毕业 20 周年会，朱利也来了，早年那个瘦小的他，现在已经是大腹便便，体重估计超过了 100 公斤。

原来的小朱，成了名副其实的朱总。

同学见面格外亲，不是亲人胜亲人，当然了，说话也是随心所欲，毫无顾忌，张大嘴拍着朱利的肩膀说："朱总，我看你现在真是'猪'总了，赶紧减肥吧。"

朱利也不生气，他笑笑说："我也想减肥啊，可是生意在那放着，一天三顿饭都要陪这个陪那个，哪有闲时间去锻炼身体，没办法，我们这么拼，不都是为了钱吗？"

他说完，大家都哈哈大笑。

去年 5 月，朱利突发心梗，在医院抢救，我们几个要好的同学去看望他，这家伙斜躺在病床上，他媳妇正端着碗喂他吃饭，到嘴的稀饭顺着嘴角往下流。

朱利媳妇一声叹息："没法，一门心思往钱眼里钻。"

钱，说到底无非就是一个利字，逐利不应该是我们生活的根本，我们也不应该让自己成为金钱的奴隶，更不能让自己活成利益的囚徒。

03

我们都渴望做一只飞鸟，却活成了现实生活的囚徒。

小孩子会因为得到一块糖果，高兴地跳来跳去。而成年人在追逐名利的路上一直马不停蹄，甚至不择手段，巧取豪夺，烦恼痛苦不请自来，却不懂得放下包袱，寻找简单的快乐。

放不下名利，就容易成为名利的囚徒；放不下金钱，就容易成为金钱的奴隶；放不下权力，就容易成为权力的信徒。

生命无常，世事无常，心态不同，人生的滋味自然也不同。

一念放下，万般自在。

人生就是一叶扁舟，在时间的河流中，放下即解脱，放下即拥有，放下即从容。

放下了，压力、烦恼、敌人、痛苦自会减少很多；看淡了，功名利禄也就无所谓了；释怀了，成败得失也就那么回事了。

在不安的世界里，放下执念，抛开名利权色，才能风清月朗，天高云淡，面朝大海，春暖花开。

不怕你勇敢地开始，就怕你怯懦地收场

01

小唐，我的朋友。

三年前，我们在一起喝茶，得知我已经出了两本书，她惊呆了。

她问我："不会吧，你工作那么忙，哪有时间看书写作？"

我笑着说："业余时间啊，我只不过是把许多人喝酒打牌的时间节省出来了而已，就这样每天一点点地日积月累，五六年下来就成这样了。"

小唐对大家说："我也有一个爱好，喜欢画画，大学的时候，一些作品还获过奖，参加工作后，除了忙之外就是吃吃喝喝，感觉时间都浪费了，可仿佛没有事情可以做，现在我想重拾画笔，不知道晚不？"

朋友们异口同声地说："不晚，一点也不晚！"

想干就干，心动不如行动。

那天，我们陪小唐一起去购买了画笔、水粉、墨汁、纸张。当晚，她就在家里腾出了一间房，支起了案台。

小唐手里握着画笔，很是激动地说："坚决不辜负大家的希望，从今天起，我每天至少练习画画两个小时。"

我们为她鼓掌，就这样，小唐在她人生的第40个关口重拾爱好。

时光匆匆，三年过去了，小唐从来没有降低对自己的要求，她开通了微信公众号，每天都会有一两幅作品呈现，还会有省外的朋友求购她的水墨山水画。

你处在什么样的年龄？还记得你当初的誓言和梦想吗？忙碌的工作之余，我们是否曾扪心自问，我的爱好何时出发？

其实，什么时候出发都不晚，只要有梦想，就要大胆去追求，不论我们是80后，还是70后，甚至是60、50后，人生路上追梦的我们，任何时候都是最年轻、最激情、最幸福的。

02

去年6月，我结识王伟峰老师。

王老师是健康理疗师，也是一名宣传中华传统文化志愿者。

那时，我的体重160斤，经常感冒发烧，还有很严重的颈椎和腰椎劳损。

老师给我做了十几次理疗，病症有所改善，但许多内在的病因仍然没法根除。

他说："小舟啊，你必须要锻炼身体了，让自己动起来。"

我说："怎么动？"

王老师站在原地，双手向上，然后向下，最后竟然把自己的胸部紧紧地贴在了双腿上，这个动作叫体前屈。

我试了下，弯着腰，双手仅仅能触到膝关节。

我叹气道："这个，我真做不了，我都41啦，要是早几年，筋骨还柔软些，现在练都晚了。"

王老师笑着说："不晚，我是从45岁开始练的，我坚持了8年。"

那一刻，我被激活了。

我脱掉了皮鞋西裤，换上运动服，每天走路1万步、做100个体前屈和其他的拉伸动作。按照王老师给我制定的计划，我不再吃生冷食物，而是改吃温热的素食，尽量保证每晚11点前休息。

一年后，我的体重降到130斤。

更难以置信的是，自锻炼身体以来，我没有吃过一片药，没有输过一次液，身体所有指标全部正常。

我以为的晚了，其实根本不晚。

原来，健康的背后，是从来都不晚的开始，是汗流浃背的坚持和渴望物欲的拒绝。问题的关键是，此刻、当下，就要出发，不要等，不要观望，更不要总是错过。

03

吴承恩 50 岁开始写《西游记》；齐白石 56 岁开始大胆突破自己，转变画风后从此声名大振；"中国最帅大爷王德顺" 50 岁才开始健身，57 岁创造"活雕塑"，70 岁练成腹肌，79 岁登上 T 台秀场。

从来就没有什么太晚，也没有谁能阻止你成功，只要你下定决心。

种一棵树最好的时间是 10 年前，其次就是现在。

想做的事情，现在就去做。

因为，往后余生，你无法比此时此刻更年轻。所以，今天就是最好的一天，现在就是你开始的最佳时间。

人的潜能是可以挖掘的，当你说太晚了的时候，你一定要谨慎，它可能是你退却的借口。

生活，从来不会亏待每一个努力向上的人。从现在开始，就是对未来最好的交代。

PART 3

既然只能做自己，
那就好好做自己

◇

历经岁月，历经沧桑，历经诱惑，历经迷茫，

那些在路上忘我向前冲的我们，

请谨记：不要因为走得太远，

而忘记为什么出发。

豁达坦然的人，只做能力范围内的事

做能力范围内的事，花能力范围内的钱，爱能力范围内的人。

01

京城路，豫园茶馆。

我和小丁几个同学在喝茶，聊着中学时代的人和事。

时而沉默，时而大笑，我们这帮 70 后，都超四奔五了，中年人的快乐很多都是靠回忆来维持的。

李五给我电话："你在哪里？我去找你下，有个事，看能帮忙不？"

我说："有事直接说，能办我就办。"

李五继续说："我还是见见你好一些。"

我就告诉了他地址。

李五也是我同学，这家伙最大的特长是热心，谁有事，只要能帮的忙他都会尽力去办。

　　没多久，李五就来了。他还是老样子，骑着大摩托，戴着大墨镜，穿着大裤衩。

　　李五坐下刚喝两杯茶，就把我拉到一个空房间里面。

　　我问："有啥事不能在外面说？"

　　他龇着牙笑着说："是这样的，舟哥，我一个亲戚想买房子，明天要交首付款，还差10万块钱，他向我借，说三年之内必定归还，你也知道，我和你嫂子都是普通工人，哪有这么多钱，看你能帮忙不？借给我10万块钱，我再借给他。"

　　我差点笑了出来。

　　我对李五说："老同学，大家都知道你是热心肠，可是帮忙也要有界限和底线啊，就算我有10万块钱，我也不会借给你。"

　　李五问："为啥啊，你不相信我？"

　　我回答："打个不恰当的比方，假如三年到期，他的钱没有还给你，你拿什么还我啊？"

　　李五挠挠头说："放心吧，到时候他不还我，我还你。"

　　这家伙让我哭笑不得，我说："关键是我没有啊，我总不能再去借钱给你吧，我只做能力范围内的事。"

　　他愣了一下，笑道："对，对，说得太对了，只做能力范围内的事。"

李五推开房门，走出茶馆，一阵凉风袭来，他回头挥手向我道别，我看见他的如释重负。

02

李梦给我发来一条微信。

她说：舟哥，我现在很迷茫，不知道该怎么办，特向你求救。

我回复：请讲。

李梦说：公司出了点意外，老板遇到了困难，厂里100多人，估计一半人都有可能倒戈，跟着另一个副总另起炉灶，我是忧心忡忡啊，私下里和很多人说老板的好处，希望大家明辨是非，要懂得知恩图报，但貌似说再多也没有用，这几天晚上愁得我都睡不着觉，我该怎么办啊？

我问：你什么职位？

李梦回复：一个科室的副职，我是10年前跟着这个老板的，老板对我很好，有什么事情他还咨询我的意见，这到了关键时刻，我得帮帮他。

我问：你老板让你给他拉拢人了吗？

她回答：没有。

我说：你把你的分内工作干好就是对他最好的回报，你这是想当然的用你自认为正确的方式来帮他，这有可能是在害他。

李梦疑问：怎么会？

我回复：不在其位，不谋其政，不同岗位都有不同的职责，这个职责说白了就是一个人的能力范围，我现在只做能力范围内的事。

良久，李梦回复：我明白了，原来是我越位了，舟哥说得对，你让我瞬间开悟了。

后来，李梦发来微信：舟哥，这些时日心里轻松了许多，也不再惆怅了，每天都是一觉到天亮。

03

"我只做自己能力范围内的事"，这是 27 年前，我的老师马宏珠的一句话。

那时，我上初三。

我是班里的语文科代表，马老师看我作文不错，课余时间就带我到她办公室给我做些辅导。

那年冬天，下着大雪，马老师刚走进办公室，屋内的电话响了，她拍了拍身上的雪，拿起了电话。

马老师说："喂。"

然后，她说："不行，不行，我水平不行，选其他人吧，我的能力也就是个语文老师，当啥年级主任呢？我把孩子们的语文教好，把我的分内工作做好，就是对社会、对国家最好的贡献。"

挂断电话，马老师和平常一样，她走到我身边，问我读到哪里了，有什么读不懂的。

我手里捧着《孝经》，读得头脑发麻，早就走神了，我一直在听她接的那个电话。

我抬头问马老师："貌似学校要给你升官了，这是好事，你怎么拒绝了？"

马老师笑着说："你这小屁孩懂什么，每个人的能力和精力都是有限的，我现在啊，只做能力范围内的事，比起行政类的工作，我更喜欢教书，多教出几名好学生，比那些人浮于事的所谓官职更有意义。"

我似懂非懂地点点头。

2017 年，时隔 25 年后，我带着我的新书去看望马老师。

80 岁高龄的马老师满头华发，却精神矍铄，老师让我坐在她身边，偶尔，她还会像当年那样，拍着我的肩膀说我有出息，没有辜负她的期望。

我说："谢谢恩师，你当年的那句'我只做自己能力范围内的事'一直影响着我。"

老师笑着："我说过吗，我都忘记了。"

我也笑着，然后给老师讲她当年不愿当领导只想教出几名好学生的事情。

老师一直拉着我的手，越拉越紧，我能感觉到她的力量和情怀。

临行，我给老师鞠躬致谢，她老人家双眼含泪。

生活在繁杂世界的我们，每天都要遇见很多糟心的人和事，其实，很多都不是我们所能考虑和改变的，我们能做的只是自己能力范围内的事情，懂得自己的价值和定位，不苛责自己，不要求他人，我们便不会有那么多的焦虑和慌乱。

人生的每一个阶段，都应该认清自己和现实，苛求能力范围外的花果，只能是在患得患失的状态下做空想主义的黄粱大梦。

我们不是超人，也不是神，都是普通凡人。做能力范围内的事，花能力范围内的钱，爱能力范围内的人。

愿你内心平静、豁达坦然地过好这一生。

吃什么无所谓，关键是和谁一起吃

吃什么都无所谓，只要能和你在一起。

01

认识杜晓龙是因为少东家。

少东家是个机灵鬼，他是"荥阳身边事"的大当家，微博粉丝和微信粉丝超过 30 万，在我们这也算是大咖级人物。

我爱好读书，偶尔写字，也算是个自媒体人，便和少东家有诸多沟通。

他家在万山森林公园，我时常到郊外透气，他那便是我的好去处。攀爬万山是我们的最爱，夏日看夕阳余晖，冬日看银装素裹。

去年 10 月，少东家给我打电话。

他说："周日杜晓龙去他们村资助一个贫困孩子，舟哥有兴趣来没有？"

我自然应允，随口问道："杜晓龙是谁？"

他说："和你一样大名鼎鼎，那篇《因为一条路，爱上一座城》就是他的大作，他也爱写文章，偶尔也做些小公益。"

一条路是中原路，一座城就是荥阳城。

这篇文章在荥阳早已经是人尽皆知。此文记录了一个大学生毕业后因为路过中原路，爱上了这座小城市，放弃了在省会郑州的发展机会，励志要在荥阳安居兴业的爱情故事。

此文给我的感觉是朴实无华，精简干练，感情细腻，行文有序，当然也是我喜欢的风格。

听少东家这么一说，我才知道，杜晓龙就是此文作者，敬佩之情油然而生。

02

初见杜晓龙，如沐春风。

他一米七左右的个头，不胖也不瘦，皮肤稍白，戴一副眼镜，穿一身黑色的西服，给人的感觉是倍儿精神。

我们各自上前，握手寒暄。

杜晓龙说："舟哥好，你的大名如雷贯耳，今日一见，幸会幸会。"

我赶紧回敬道:"兄弟,你也是,一个外地人来荥阳安家创业,实在令人佩服,我要向你学习。"

我们都哈哈大笑。

少东家也笑了:"就知道你们一定是相见甚欢,相识恨晚,绝对能说到一起。"

被资助的孩子9岁了,在上小学三年级,其父亲在5年前车祸死亡,母亲精神不正常,小孩跟着70岁的奶奶生活。

杜晓龙每月给奶奶200块,另外再送些衣物之类。

我对晓龙说:"今后我和你一样。"

杜晓龙再一次紧紧抓着我的手,他说:"舟哥,算是遇见同路中人了,有你的支持,更加坚定了我的信心,你的普力联益会有机会我也要加入。"

出村,已经接近中午,少东家问:"吃什么?"

我说:"你的地盘你做主,吃什么都行。"

杜晓龙说:"就是,吃什么无所谓,关键是跟谁一起吃,跟你们两个在一起,吃菜都是肉,喝水都是酒。"

少东家小嘴一撇,他笑着说:"那就去我们村口吧,那有个刘河老式烩面,味道可正宗,就是房屋有点简陋。"

3间平房,5张桌子,就是这间小店。

一碟花生米,一盘炒豆腐,一人一碗烩面,得劲!

我们就坐在小店门口的树荫下,秋风拂来,偶尔有几片泛黄的叶子飘然落下，自然不自然地落在我们面前的小桌上，甚至是碗碟里。

小桥、流水、山林、人家，两三好友，促膝而谈，无关风月，无关才情，只有寂静喜欢。这样的场景，这样的感觉，是城里任何饭店都找不到的，真可谓，吃什么无所谓，关键是和谁一吃起。

03

去年4月，杜晓龙给我发微信：新概念培训学校想在世界读书日那天举办爱家读书日启动仪式，校长王斌和他们学校的很多老师都是你的读者，都特别喜欢你的文章，他们想邀请您去做一次读书分享，不知道能不能支持下？

我回复：你的事就是我的事，放心吧，只要时间允许，我就参加。

就这样，在杜晓龙的牵线搭桥下，我和王斌由此结识。王斌已经在教育行业摸爬滚打了15年，他的新概念早已经是荥阳家喻户晓的培训学校了。

王斌给人的第一印象就是文质彬彬的书生，也是戴一副眼镜，也是西装革履。

他笑的时候，满脸真诚。

4月23日，新概念读书日活动启动。

海龙大酒店二楼，500余名师生和部分学生家长参加启动仪式，场面宏大，气势非凡，一个社会力量办学机构参与全民读书全力以赴，不遗余力，这种精神让人敬佩。

活动结束，王斌向我表示感谢。我说："要说感谢，应该是我谢你才对，谢谢你提供了这么大的舞台，让我有幸分享我的读书心得。"

王斌非要请客，坐在我工作室不走。

他说："上次读书分享后，你连饭都没有吃就走了，已经约好晓龙了，今晚咱仨一起坐坐。"

杜晓龙来了，王斌问："舟哥，吃什么？"我回复："什么都行！"他又问晓龙："吃什么？"杜晓龙笑道："哈哈，吃什么无所谓，关键是和谁一起吃。"

那晚，我们叫了外卖，就在我工作室，三个人如老友般，畅怀对饮。

王斌喝多了，他讲了他的创业故事，一路的艰辛挫折，还有许多不被理解的痛苦和难堪，他流着泪，抱抱我，抱抱晓龙，不停地说："都过去了，都过去了。"

04

我和王斌就是那晚决定去沙漠的。

沙漠，也许是每一个人的梦想，徒步穿越，用脚步去丈量生命的长度，是一种意志和精神的考验，更是一种对自我的不断超越和极限挑战。

5 月 6 日到 10 日。

新疆，塔克拉玛干沙漠，中国第一大沙漠，四天三夜，我和王斌，还有全国各地的 113 名行客在这里同吃同住同行。

那几天，我和王斌结伴而行，搀扶而行；那几天，我们在一起，没有刷牙，没有洗脸，没有洗头，没有洗脚，陪伴我们的只有饥饿和风沙。

第三天，王斌走进营地，他的脚已经磨出了好几个水泡，我帮他挑破水泡后，我们躺在地上，仰望天空，感慨万千。

他说："舟哥，谢谢你把我带进大漠，让我领略了大自然的无限风光。"

当然，所有的困难都已经被我们踩在脚下，我们团结一致，成功抵达。

冲过终点，我和王斌相拥而泣，他说："舟哥，走过大漠，我们就是一辈子的朋友了。"我点点头："必须的，一辈子的朋友。"

人生，如大漠行走，所有的收获和失去，都只有自己走过和经历过才能懂得。

沙漠归来，杜晓龙给我们接风。

杜晓龙说："欢迎回家，我的英雄们，今晚想吃什么？"

少东家，王斌和我，我们三个相视一笑，异口同声地说道："吃什么都无所谓，关键是和谁一起吃。"

刘禹锡公园沧海湖边，我们席地而坐，几个小菜，几瓶啤酒，夏风吹来，竹林哗哗作响，偶尔还有几声蛙鸣，我们举杯，我们谈笑，我们聊人生，我们聊公益。

走过四季，走过生命中的每一天，都值得庆幸，生活竟然是如此的美好和美妙。

从少东家，到杜晓龙，再到王斌，我们从一人到四人，从开始到现在，竟然在不知不觉中成了无话不谈、没有隔阂的好朋友。

有时候，我们真的不知道，会在什么时候、什么地点遇见一个人，他成了我们的知己、同行的好友，我们之间三观相合，趣味相投，爱好一致，惺惺相惜。

这样的好友，没有目的，没有所求，有的仅仅是相互喜欢，互相欣赏，即使是吃个饭，吃什么都无所谓，只要能和你（们）在一起。

我曾经莽撞到视死如归，
却因爱上你而渴望长命百岁

你说，我要活到一百岁。我说，我只要比你多活一天就好。

01

20 年前，我们陌路。

1999 年，我大学毕业，到处拼命找工作，在饭店端过盘子，在歌厅做过侍者，在报社改过稿子，在大街发过广告。

那一年，我租住在一间楼顶的小屋，没有窗户，也没有床，我就打地铺。

一个电炉，一个炒锅，一床被子，就是我的全部家当，白水煮面条，炒红萝卜丝是我那时最好的午餐。

能跟谁混顿饭吃，是那时我最奢华的享受。

而她，我那还未遇见的女友，也刚大学毕业，已经在父母的安排下，到驾校学习驾驶技能了。

那时，她正无忧无虑地享受着幸福。

02

19年前，我们相遇。

两家亲戚同时牵线搭桥，因缘和合，我们这两条平行线，终于交叉。

原来，为了这场遇见，我已经准备了24年，而你也等待了20年。

那天，你短发，牛仔裤，黑色上衣，温文尔雅，静心端坐。

而我，为了见你，东拼西凑借款300，买了一身行头。

链接，就这样建立了。

你大名刘磊，我为你取名"三生石"。

我时常熬夜，你劝我早休息，我感觉你就是一话痨；

你特爱干净，我觉得没那个必要，凡事差不多就行；

我开车鲁莽，把你从车里甩出去，还埋怨你没有关好车门；

你上火，嘴角出泡，我用莲子芯给你泡水，你一喝满嘴都是苦的，骂我是坏蛋。

……

那时，我们不懂爱，错以为爱是苦的。

17 年前，我们结婚。

家，就这样在我俩的懵懂无知中建立了。

那时，我们什么都不懂，我的还是我的，你的还是你的，我们甚至认为，谁挣钱谁花，谁妈还是谁妈。

那时，为了工作，我曾经跳过车，把腿摔伤；我曾经翻过墙，把腰摔伤；我曾经飙过车，发生事故。

在医院，你发飙："你不要命了！"

我笑着说："没事，我这不是活得好好的吗？"

你一边抹眼泪，一边说："你要是死了，我怎么办？"

2005 年，我们的龙凤胎出生，两个小家伙的到来给我们这个小家增加了更多的欢乐和幸福，但你也更加忙碌和辛苦了。

对于我们家，你居功至伟。

有多大的幸福，就有多大的痛苦。

面对抚养两个孩子的细节性问题，我们很多时候都是束手无策的。我们多次的争吵，相互指责，甚至是打闹，我们也曾多次残忍地用离婚来威胁对方。

04

10 年前，我们无知。

2008 年，孩子被一家饭店的鱼咬伤手指。

你和饭店老板理论，要求赔偿被拒绝，你一怒之下，让我将那条鱼摔死。

我也愤怒到失去理智，做了不可原谅的蠢事。

但，那时我不后悔，我觉得，为了你，我愿意承担任何后果，我甚至愿意豁出性命为了证明我爱你和孩子。

那一年，汶川地震，我在四川江油抗震救灾60天，那些天，面对余震，面对危险，我对自己说，生命可以舍弃，我可以视死如归，但我更愿意把这次救援当作是我生命中的一次赎罪。

就这样，懵懂的我们，在相互的磨砺和扶持中一点点前行。

05

9年前，我们理解。

如果生命是一场旅行，那么婚姻就一定是这场旅途中最快乐和最痛苦的修行。

七年之痒，我们也逃不掉，彼此的缺点在这一年暴露无遗，这一年，我们彼此都是一忍再忍，到最后忍无可忍。

我说，你该去看心理医生了。

你说，你早就该去精神病院了。

你哭，你闹，两个家庭也被我们搅和得不可调解。

我恼，我怨，亲人们也都在我们的憎恨中变成了仇人。

幸好，我们没有放弃，我们在希望中坚持，在感恩中坚守。

感谢时间，它就像流水一样，让我们在彼此的争吵和磨合中，把我们的矛盾和冲突一点点地冲刷和打磨成理解和包容。

于是，我们懂得，所有的高度，都必须要一步步地攀登，就像所有的理解都会经历不理解的过程。

06

8 年前，我们尊重。

结婚 10 年，我们对婚姻的理解都发生了深刻的改变。

以前，你的一句话，我可能理解为是对我的怀疑；我的一个眼神，你可能理解为不相信。

现在，你的每一句话，在我看来都是关心；我的每一个眼神，你都视为肯定。

当我们的心中升起了理解，那么包容也就随即而来，之后更多的是尊重。

我尊重你，你尊重我。

这时，我们发现，尊重是一种妙不可言的体验，它更像是一种呵护，"含在嘴里怕化了"的呵护。

07

5 年前，我们珍惜。

那年，我接到命令，要到外地出差。

临行，你抱着我哭了。

你说，你要好好的，注意安全。

那一刻，我突然明白，你的世界不能没有我。

我第一次感觉到我的存在对你如此重要，我第一次想到，如果没有我，你该怎么活？而你，对于我，也是如此的重要，如果没有你，我该怎么活？

我们的婚姻，从尊重走向了珍惜。

08

3 年前，我们真爱。

时间真快，我们结婚已经 14 年了。

回头一看，这 14 年仿佛是大梦一场，里面有太多的欢笑和泪水，幸福和痛苦，喜悦和悲伤，浪漫和幻想，坚持和迷茫，还有苟且和远方。

一路走来，风霜雪雨，苦辣酸甜，柴米油盐，悲喜难言。

人生没有白走的路，走的每一步都算数。

就在这一年，我们真正相爱了，是灵魂共舞的深爱，是长相厮守的真爱。

09

2 年前，我们惜命。

我爱读书，你爱学习。

我们从最初的陌生，到现在的相伴，读书和学习就像是一股看不见的力量，把我们这两个不同长度和宽度的灵魂不断地缠绕和打结，一圈又一圈，一年又一年，最后把我们的婚姻打造成了密不透风、牢不可摧的铜墙铁壁。

也许，这就是两个生命蜕变成一个生命的过程。

就在这样不断的蜕变中，我们发现，我们开始怕死了，我们开始惜命了，我们开始锻炼身体了，我们开始注意饮食了，我们开始遵守作息了，我们开始注重养生了。

10

现在，我们幸福。

现在的我们，满足而安定，从容而淡然。

阳光午后，我们点一炷檀香，煮两杯清茶，焚香品茶，坐看庭前花开花落。

夜晚星空，我们共阅一卷诗书，两情相悦，读书共舞，笑看天边云卷云舒。

就这样吧，就这样慢慢到老，过属于我们自己的烟火日子，过属于我们自己的素色人生。

生命，因你而精彩。

那天，你说："我要活到一百岁。"

我说："我只要比你多活一天就好。"

我曾经莽撞到视死如归，却因爱上你而渴望长命百岁。

两个人见见就好，知道彼此安好就行

不为任何，只为想念。

01

好久没有和小丁联系了。

我给他电话："一起喝茶吧？"他回复："好啊，你定地方，我现在过去。"我笑道："哈哈，那还老地方吧。"

京城路，豫园茶馆。

这儿是小丁的风水宝地，他的很多生意都是在这签的合同。我前脚刚进，小丁后脚就跟进来了。

年轻的茶师问："你们两个约好一起来的？"

我们两个异口同声地回答："没有啊。"

也许这就是几十年的默契吧，对方想说什么，彼此心里跟明镜一样。

两年前也发生过这样的事，也是在豫园茶馆，一个新来的茶师问怎么称呼小丁，小丁回答说叫小舟。没多久我到后，茶师问我怎么称呼，我说叫小丁。

在场所有的人都惊愕了，我俩调侃、开玩笑的语气方式经常如出一辙，仿佛是事先排练好的。

也许，这就是两个人不同寻常的默契。

茶师问："喝什么茶？"我俩又不约而同地说："随便，白开水就行。"

片刻，茶师给我俩每人端了一杯白开水。

初春的荥阳，还有些寒意，热水散发的蒸气顺着瓷杯往上升腾，窗外的树木高楼被模糊得颇有几分朦胧的情调。

小丁拿着手机在看综艺节目，偶尔会像小孩子一样哈哈大笑，我喜欢看看时政新闻之类，不经意间也会端起杯子喝一口水。

他看他的，我看我的，我们相互存在，又不相互影响。

好久不见，那就见见吧，不为任何，只为想念。

说是来喝茶，其实就是一起坐坐，喝啥无所谓，喝不喝也无所谓，甚至是说不说话都无所谓，两个人见见就好，知道彼此安好就行。

02

前几天，小丁给我发微信：在哪儿？中午一起吃饭吧？

我回复：好啊。

他问：服装产业园那儿广粤开煲吧？

我给他发了定位，又发了一句：来石家庄吧。

他怼了一句：浪费感情。

我哈哈大笑，他又回复：在那好好执行任务吧，回来给你接风。

我问：有事？

他回复，没事啊，就是有些日子没见你了，你忙吧。

我回复：OK。

我和小丁是 1990 年的同学，一起上荥高，后来在郑州读大学，毕业后又都返回荥阳。时间真快，转眼间我们已经认识快30 年了。

10 年前，我家儿子因为误食笔帽堵塞气管抢救住院，小丁送来 5 万元现金，他说："就是卖房子也不能让你为难。"

前几年，我弟投资做服装生意，找小丁借钱，小丁立马把转账账号发过来。我弟说打个借条吧，小丁说："有你哥在，打啥借条呢。"

这样的事情，我和小丁之间还有许多。

我懂小丁约我吃饭的意思，那就是"我想你了"。

很多人以为，"我想你了"是说给异性朋友的，其实不然，我和小丁偶尔也会发"我想你了""我也想你了"这样的微信。

我和小丁，早已从当初的同学情谊一步步演变成现在的兄弟深情，情深似海却又平淡如水，看似波澜不惊却又惊涛骇浪。

在这个利益至上、人情淡薄的年代，生命中能有这样一个朋友，困难的时候他总是出手相助。平时偶尔联系，不为任何，只为想念，这何尝不是一种历久弥新的情谊呢。

03

去年 12 月的一个下午，我约小丁吃饭，他说："今晚要和客户一起吃饭，改天吧。"

晚间在饭店里，牛柳、炒菠菜、干锅菜花、白菜粉条炖豆腐，我和几个朋友在大厅点了特色菜。老板娘见我来，笑脸相迎，和我打招呼："小丁在六包房，你不去打个招呼？"

我说："巧了，我过去看看。"

透过窗户，我看见小丁正和客户说说笑笑，时而推杯问盏，时而招呼朋友吃菜。我能看出，他的笑，爽朗中夹杂着无奈，热情中夹杂着疲惫。

我突然断了进去的念头，我害怕突然间进去影响了他，因为我知道，如果他方便带我去，下午我约他的时候，他会叫我一起的。

走到吧台，我提前把六包房的账结了。

饭毕，小丁一个人从包房出来，他步伐有点凌乱，我赶紧跑过去，他已经在洗手间往外吐酒和食物了，我赶紧给他捶背，递水给他漱口。

呕吐物已经把他呛得满眼泪水，他洗了把脸，把我抱在怀里，嘴里嘟囔着："舟哥，咱们是一生的朋友。"

车子在索河路上穿行，明亮的路灯径直通向远方，小丁已经躺在后座上睡着了。

睡梦中，他呓语："我要回家，我要回家。"

小丁不易，生活在高频率、快节奏的时代，谁都不容易，所有人都和小丁一样在拼命努力，奋力向前。

其实，我们每个人都各有各的圈子，身边也都有一些关系特别的同学、朋友、同事之类，日子过得开心热闹也好，痛苦难堪也罢，他们似乎与我们无关，与我们毫无牵连。

但总有那么一刻，无论是繁华喧嚣，抑或宁静淡然，有些人，就像小丁，总会在不经意间闪现在脑海里，不在于他的玉树临风、气度非凡，而在于他的心意相通、情深意长。

细细想来，忽觉此情可待、温暖满怀，这种感觉无关风花雪月、无关功名利益、无关红尘琐事，只是莞尔一笑时的瞬间回味：不为任何，只为想念。

不要因为走得太远，而忘记为什么出发

禹水，是我的大学同学。

1999 年，大学毕业，我俩坐在西流湖畔，意气风发，畅想未来，岸边垂柳随风而动，犹如窈窕淑女伴歌舞动。

禹水说："咱俩都是农村出来的娃儿，没背景，也没靠山，今后的路，只能靠自己了。"

那时，我刚从声讯台辞职，应聘到金星啤酒厂做销售，人生规划还是一片空白。在我心里，每个月能有工资就已经很知足。

禹水的个头比我高，人比我帅，口才也比我好，因为是同乡，我们时常联系，互相照顾。

大学三年，他一直都是学生会主席，我能进入校文学社做编辑，多亏禹水帮忙。对于他，我总有一种感激和敬佩。

我有点唯唯诺诺地回答他说的话："确实是，我会把啤酒卖好的。"

禹水笑了，他说："这可不行，咱们两个要考公务员，进入国家干部的序列，这样才能有所成就，才能不辜负父母对我们的期望。"

我从来都没有想过，人生还可以有这么远大的理想。

我昂起头问禹水："要是考上是不是就算当官了？"

禹水眺望着远方，湖面柔和而平静，风来微波荡漾，他坚定地说："是啊，进入这个序列就可以一步步往上走，这样就能施展抱负、大展宏图、实现理想、造福于民，这才是真正的光宗耀祖啊。"

那一刻，我更加佩服禹水了。

禹水的话，给我指明了人生前进的方向。他的梦想让我肃然起敬，他的初心让我找到了出发的理由。

02

有梦想，就要去努力。

2000年，在这一年里我和禹水几乎所有的时间都在读书，备战公务员考试。功夫不负有心人，同年11月，我俩一举成功。

很幸运，我俩被分配在同一个小城。

禹水进了某政府办公室，我则进了某局成为一名基层文员。

我请客，感谢禹水，是他给我指路，带我走上了一条光明大道。我俩举杯，吃着羊肉串，喝着我曾经卖过的啤酒。

那晚，我俩都喝多了，搀扶而行，路灯映衬着我们两个蹒跚的脚步，也映衬着远方的黑夜。

禹水是个拼命三郎，他没有上下班、节假日概念，他说，"你觉得有加班，是因为你还没有把这项工作当成是自己的事业"。

2002 年，禹水被领导相中，成了一名副市长的秘书。

禹水更忙了，他熬着夜，抽着烟，在一个个不眠之夜中加工着领导的讲话稿、工作安排、汇报材料、行程安排，我给他打电话，他时常短信回复"开会中"或是"和领导在一起，稍后给你电话"。

两年后的 2005 年，禹水被提拔为办公室副主任。要知道，这对于我们这些基层人员来讲，简直就是人生的终极梦想——他已经和我们的副局长平级了。

郑南路夜市大排档，还是羊肉串，还是金星啤酒，我给他祝贺。禹水说："这算啥呀，我的理想还在路上。"

我问："什么理想？"

禹水一杯啤酒下肚，他说："你忘记了吗，毕业那年我们在西流湖边说过的，服务人民，造福百姓。未来我要为更多人服务。"

所谓鱼水情深，官员为鱼，百姓为水。而禹水，不正是鱼水的谐音吗？

03

为禹水点赞，为这样一个心存梦想、不忘初心的人点赞。

2009 年，禹水调往民政局，任职副局长。

我改口叫他禹局长，他笑着说："甭乱，啥时候我都是你兄弟。"那天，禹水给老娘打了个电话，他流着泪说："妈，我当局长了，我没有让您失望。"

禹水在自己的职责范围内，把国家对贫困儿童的救助金合理分配、按需划分，可谓尽心尽责。我看到电视台对他的一次采访，他说这些钱都是救命的钱，容不得半点的挪用和私吞，我们必须做到分毫不差。

我知道，禹水一直有一个心结。以前，他家太穷，因为借不到学费，他差点上不了大学。这也是他选择这个岗位的原因之一。

禹水太能干，也太廉洁了。

2003 年他结婚后，一直和媳妇、孩子租房居住在西城区。我去过他家，他媳妇微笑着说不和那些有钱人比，再难也总比在家种地强，现在的生活正是她所期望的，平静而淡然，知足而幸福。

2014 年，禹水被提拔为城建局局长。他随后作了老城区改造的提议，政府常委会予以通过。这是一件利民大事，老城区道路、房屋、绿化将被彻底改善，近 5 万人将从中受益，许多市民鸣炮庆贺。

禹水约我喝酒，这是他第一次约我喝酒。

那晚在千山顶，我们席地而坐，花生米是我们的下酒菜，金星啤酒依旧是我们的友谊见证。

迷离中，我们俯视这座城市，高楼林立，霓虹闪烁，车辆如织，繁花锦绣，禹水双眼噙泪，他为这个城市奉献了自己太多太多的时间和精力，这泪水里有艰辛，有庆幸，有奉献，更有成就。

我们的酒瓶相碰，听到的全都是梦想初心和脚踏实地的声音——造福于民，为更多人服务。

西城区的路，更宽更顺畅了，堵车已经成为历史；西城区的楼，更高更漂亮了，危房已经成为历史；西城区的人，更美更幸福了，不满已经成为历史。

04

四年后，西城改造竣工。

2018 年 10 月，当禹水将要被提拔为副市长的时候，却传来他被桐州纪委审查的消息。

我不相信。

我去了禹水家，他媳妇面无表情地说："他罪有应得，当了局长后，贪污了上百万，而且家外有家，他早已经在不归路上越走越远了。当什么官呢，像你这样，当个普通科员，踏踏实实过日子多好。"

我很震惊，也很平静。

人生之路，每一个脚印都是我们一步一步走出来的，无论山高水长，还是海阔天空，不论崎岖坎坷，还是坦途大道，都是前因造就的后果。

内心深处，我何尝不希望，禹水还是当初西流湖畔的那个禹水。可是，禹水再也回不去了，我们任何人都再也回不去了。

历经岁月，历经沧桑，历经诱惑，历经迷茫，那些在路上忘我向前冲的我们，请谨记：不要因为走得太远，而忘记为什么出发。

有时无须证明，比刻意解释更有说服力

吴用给我打来电话："一起散步锻炼身体吧？"

我说："来吧，我正好在刘禹锡公园。"

下午 6 点多，太阳依旧热辣，我们先在工作室喝了会儿茶。将近 7 点，天色渐暗，我们移步室外，开始散步。

夕阳的余晖照在公园的内湖上，轻风拂来，微波荡漾，环湖的木质栈道上零散地散布着驻足观景的游客。这个小城的魅力就在于它的人和物、动和静都在点和线、线和面之间，显得优雅而有品质。

吴用随口问道："舟哥，你今天走多少步了？"

我说："不知道啊。"

他说："不会吧，你没看微信运动？"

我双手一摊，说："我停用了微信运动，原来做什么都带着手机，总想多刷些步数，现在不带手机，反倒感觉更加自在了。"

吴用疑道："那怎么知道每天走多少步呢？"

我说："不需要，微信运动没有开发之前，我们不也是过得好好的吗？后来，有了微信运动，我们用步数来观察对比自己和好友们每天的步数，仔细想想，我们其实已经被手机绑架了。"

吴用点头同意："是啊，我也感觉到了，你不拿手机，无牵无挂，就专心的走路，多舒服啊，而我，心里却一直挂念着今天的步数，还想着必须要走够一万步呢。"

其实，我们是无须被步数所证明的。

我们走路是为了健康，不是为了证明给谁看。走累了，就休息；不累，就继续走。刚柔并济，张弛有度，这才是自然的锻炼方式。

02

灯光亮起，夜色里的刘禹锡公园别有一番韵味。

十二牌坊被渲染成黄色的琉璃街道，唐风街里微弱的灯光营造着浪漫，檀山腰间的三公像承载着这个城市两千多年的记忆，远处的高楼大厦华灯初上，马路纵横、灯火璀璨，彰显着这个城市的安稳和繁华、梦想和包容。

我们不禁感叹，这个城市真美。

沿着公园的大路小路，或高或低地走了两圈，出了一身汗，回到工作室，我和吴用一边喝茶一边落汗。

吴用很细心，他环视四周，问道："舟哥，去年你书架上摆放的志愿者奖牌，怎么不见了？"

我回答："收起来了。"

吴用问："收起来干吗？那都是你的荣誉啊。"

我说："我先给你讲一个事。去年年底，我的朋友 A 接到单位的电话，说要给他评一个年度最佳奉献奖，被他拒绝了，我当时的心境也和你一样，不理解。A 笑着说：'荣誉仅仅是一张纸而已，我们活着不就是为了奉献社会、服务人民嘛，只要尽力而为、问心无愧就好，不需要这些所谓的荣誉或是纸张来证明自己。'

"刹那间，我突然明白了，原来我们是不需要被荣誉证明的。

"这让我想起，我也领过很多奖、获得过很多荣誉，每一次上台被表扬的时候，都是很高兴很激动，但这里面有多少初心和本真，又有多少虚荣和贪功呢？

"我开始反思自己，于是我把原来摆放在显眼位置的好几个荣誉奖牌都收起来了。"

吴用品了一口茶，若有所思，然后伸出了大拇指。

是啊，一路走来，我们总是想用荣誉来证明自己的努力和成就，其实不然，经历时光，阅历人生，放下对荣誉的刻意和执着，做自己喜欢做的，随心而为。

03

我和吴用是同学，掐指一算，已经是接近 30 年的老友了，彼此之间没有任何的戒备和防御，这种友情最纯洁最简单也最舒服。

喝茶聊天到晚上 9 点，吴用说："舟哥，饿了，吃饭去吧。"

我说："你知道我一般不吃晚餐的。"

吴用哈哈大笑："舟哥，这个我知道，但我相信，你今天会舍命陪君子的。"

在饭店里，寻了一处安静的位子坐下。

一份毛豆，两把羊肉串，再来几瓶自酿啤酒，愉悦就在这样的品味里从嘴角流淌到全身。

不久后媳妇来电，我用免提接听。

她声音很大，上来就一通数落："昨天跟你说，让你给咱爸买双鞋子送去，你怎么就没有动静，我说的话都当耳旁风不是？"

我刚说了个"我"字，她就开始"扫射"："你呀，都不操一点心，让你办点事，就没有办利索过，啥事也指望不上你。"

电话挂断。

吴用抿着嘴偷笑："舟哥，咋回事啊？"

我笑笑说："昨天，你嫂子让我给她爸买双鞋子，上午和岳父没联系上，就把鞋子给她妈了，估计媳妇还不知道。"

吴用问道："那还不赶紧解释？"

我说："不用，我们无须用解释来证明自己。"

没多久，媳妇电话又打过来，这一回语气温和多了："不好意思，冤枉你了哈，原来你把鞋子给咱妈了。"

窗外的夜色，平静如水，空旷辽远。

我们的心，何尝不也应该如此，面对误解，面对责备，面对流言蜚语，面对辱骂攻击，不去刻意解释，不去特意证明，而是用平静豁达的态度去理解和包容。

04

很多时候，我们太想证明自己了。

我们用走路的步数，来证明自己的坚持和自律；我们用获得的荣誉，来证明自己的努力和成就；我们用无谓的解释，来证明自己的清白和无辜。

其实，我们无须向任何人证明自己。

每个人都有自己的生活和经历，我们无须活在别人的嘴巴和眼光里，不用去刻意地做什么证明给谁看，面对外界的纷争和嘈杂，笑看庭前花开花落才是大格局、大境界。

这就像，我们无须用穿名牌去证明自己很成功很了不起，也无须用穿粗麻布衣来证明自己很简朴很有道德。

愿我们，倾听内心的声音，做自己喜欢做的事，看自己喜欢看的风景，不被物质、荣誉、利益或情思所困、所绑架、所证明。

我们这一生，从平静中来，到平静中去，经历的所有繁华和荣耀，其实都无须被证明。因为，无须证明才是最完美的证明，只有无须证明什么才能活成真自我，活出大自在。

唯有不负期望，才能完成梦想

01

张小培，是一家小店的老板，销售大货车配件。

10 年前，张小培 45 岁，城市建设不断扩张，大小工地航吊矗立，各类货车满街穿行，配件生意还算马虎，一个月入账万把块。儿子上学，妻子守店，日子过得幸福又殷实。

张小培喜欢文字，时常写些诗歌杂文，我俩兴趣相投，一见如故，一来二往，便成了知己好友。

2012 年，张小培买了房子，每月还贷 3000 多元，压力悄然而至，他更加卖力了。那几年，无论春夏秋冬，还是刮风下雨，张小培都是骑着摩托车奔波在送货的路上，天冷受寒，风凉受邪，他得了严重哮喘病，一年 365 天有 200 天都在咳嗽。

2016 年，房价大涨，经济全面苏复，汽车配件生意红火，张小培东拼西凑，筹款 50 余万元，趁机囤货。

智者千虑，必有一失。

谁也没有想到，2017 年春，大气污染防治全面启动，一夜之间，工地停工，货车禁行，配件生意一落千丈，原来店里一天的流水能达上千元，现在一天流水一两百，勉强够交房租。

三年来，张小培的生意是一日不如一日，店里经常都是零收入，用他的话说，尽给房东打工了。现在是一边还贷，一边还款，精打细算，步履维艰。

我来到张小培的店，看见店里冷冷清清，空无一人。

他唉声叹气，现在是进退两难啊，继续吧，看不到希望，转行吧，几十万的囤货，只能当废铁卖个 5 万，实在心疼，真不知道该何去何从。

临走，张小培拍着我的肩膀："放心吧，我挺得住，我相信，生活总会一天天好起来的。"

人生实苦，百劫千生。这一辈子，没有谁会一直顺风顺水，遇到困难，遭遇挫折，都是生活对我们的考验。只要人还活着，生活就有希望，就有无限可能。

02

吴中产是一名企业高管，负责文案策划。

大学时，吴中产是我们的班长，这家伙个高、帅气，人也阳光，乐于助人，在班里人缘很好。

毕业后，他回到老家西安，直接被安排到当地福利待遇最好的合资企业，没两年就和一个家庭条件不错的女生结了婚。

房子是爹妈买好的，媳妇是门当户对的，同学们都还在挤公交车的时候，他已经开上了小轿车，日子过得那叫一个滋润。

可 2011 年，吴中产所在企业在金融风暴中一夜倾倒，他下岗了。

福无双至，祸不单行。2012 年，吴中产的父亲因脑瘫去世，也是这一年，10 岁儿子从高楼跌下，双目失明，他和媳妇带着孩子几乎跑遍了中国所有的眼科医院，都没能让儿子视力恢复。媳妇的精神也因此几近失常。

吴中产的生活，一下子跌入了万丈深渊。

那些日子，没有人能懂他的借酒浇愁和深夜痛哭，他的微博上时常写着：看不到希望，让我喝死算了。

我们在 QQ 上聊天，他对我说：人到中年，才知道啥是风霜雪雨、柴米油盐，人到中年，才知道生活不易、进退两难。

我回复他：人在，希望就在。

2014 年，吴中产卖了房子，买了辆出租车，成了一名出租车司机。他的人生再次启航，这一切，不过是从头再来。

五年后，吴中产媳妇又生了个女娃，他们筹集了首付款，在东三环附近安置了新家。

人到中年，谁都会经历点风霜雪雨、坎坷泥泞。大雨过后是彩虹，大悲之后有大喜。所有这一切，都不过是为我们明天的更加踏实、更加美好做准备。

03

唐大金，一位农产品经销商。

唐大金是荥阳人，也是我的一个远房亲戚，我们叫他唐总。他在 2000 年去的上海，后来发现商机，在老家收集农产品、土特产运往上海销售。

他在上海有一家自己的公司——大金农贸。

10 年前，是唐总生意最红火的时候，我们村种植的芝麻、红薯、小麦、玉米都被大金农贸直接加工成香油、粉条、面条、玉米棒之类的农产品，生意相当红火，大金农贸越做越大，我们附近的四五个村也都有了大金农贸的加工车间。

2014 年，因行情不利，大金农贸轰然破产。

唐总变卖了价值千万的房子和加工厂，还了银行贷款，遣散了工人，可还有一些债务没有还清，他一夜白头。

那年，他 43 岁，老婆怎么办？孩子怎么办？

那段时间，唐总重回老家。他邀我喝酒，站在田埂上，秋风袭来，阵阵凉意。他长叹一声："辛辛苦苦几十年，一下回到'解放前'，人到中年，竟如此潦倒，如此寒酸，现在我是进退两难啊，思来想去，哪里跌倒从哪里爬起来，我还得从这田地上再背水一战。"

2015年，唐总的"大金烤玉米"小店开张。

唐总亲自烧烤，媳妇是服务员，他的理念是"来我这吃的不是玉米棒，而是小时候的感觉和回忆"。

半年不到，他的生意开始有了起色，来吃烤玉米、烤红薯的人排起了长龙。唐总和媳妇笑了，他们说只要人活着，就有活下去的勇气和方式。

昔日大老板，今日小员工。

唐总就在这样的角色转变里，完成了人生的重来。

人到中年，面对生活的种种磨难，我们唯有不负期望，才能完成梦想。

04

天若有情天亦老，人间正道是沧桑。

有人说，人到中年，就像是一条戴上紧箍咒的猴子，不再大闹天宫，不再任性妄为，没有了脾气，也没有了秉气，只是一个不敢喧哗、只能低调、负重前行的西天取经人。

人到中年，就像一叶孤舟漂泊在茫茫无边的大海上，进退两难，想回回不去，往前又充满了坎坷和风浪。

人到中年，一边是触手可及，一边是遥不可及。所有的一切都在路上，没有开始，也没有结束。

张爱玲在《半生缘》里说："人到中年，时常会觉得孤独，因为他一睁开眼睛，周围都是要依靠他的人，却没有他可以依靠的人。"

人到中年，如果你身体健康，略有积蓄，夫妻恩爱，孩子好学，这就是成功。不必成名，也不必大富大贵，安享岁月静好的生活足矣。

人到中年，活一份明白，世事漫随流水，换来浮生一梦。中途或有对错，到头哪有输赢。

人到中年，进退两难，是静水流深，亦是自在非凡。

有一些事，总要有一些人来做

魏南约我喝茶。

京城路豫园茶社，门前那几株桂花开得正浓，沁人心脾，给这个清凉的 8 月平添了几分优雅和韵味。

安吉老白茶，是我、魏南和任毅的最爱。我们三个是高中同学，算起来已经是 25 年的老朋友了。

没喝几口，魏南从手提包里掏出 3 万块钱。

他把钱放在桌上，轻推到我面前，笑着说："真不好意思，两年前就该还你了，一直拖到现在。"

我先是一惊，接着开玩笑道："这是利息吗，你不是已经在两年前还过了吗？"

魏南说："没啊，那两年我家里困难，没还你啊？"

我赶紧回答他："你用钱一年到期后，任毅直接把钱给我了，他说是你委托他把钱还给我的。"

任毅推门进来后，我们才了解了这件事的来龙去脉：两年前，任毅看到魏家生活困顿，知道不能到期还钱，又害怕魏南失信于我，就瞒着我们，替魏南还了借款。

这才是一辈子的朋友。

我们三个以茶代酒，一饮而尽。

这世间，有些友谊，有些感情，都是在一些共患难的事中显现，一些人默默无声却振聋发聩地存在，让我们感觉到仁义的光芒和力量。

02

社奇是一位公益人，是我的同事，也是高级线路工程师。

2008 年汶川大地震，单位选调救灾人员。当时余震不断，深入灾区极其危险。社奇第一个报了名。

母亲 80 多岁，儿子才 1 岁，家人坚决反对。但社奇说："没有国，哪有家，国家有难，我有这个机会，就必须挺身而出。"

60 天的抗震救灾，社奇看到了太多的苦难、死亡、无畏和付出。社奇说，个人命运与国家命运紧紧相连，经历一些大事件，才知道活着的意义并非是索取，而是不断地奉献。

2010 年，社奇和朋友成立了荥泽公益志愿者联盟，专门救助贫困学生，为学生筹集书本衣物等用品，现在他们的团队成员已经发展到了近 1000 人。大家都在默默地奉献自己的力量，为这个社会增加一份爱和能量。

在社奇的影响下，我们办公室的很多同事，也会在朋友圈做一些捐赠。

我问社奇："你资助的水滴筹有多少个？"

社奇回答："300 个左右吧。"我很吃惊地问："这么多啊？"社奇笑道："只要让我看到，无论是朋友圈，还是微信群，无论认识的，还是不认识的，我都会资助。"

在一次电视采访中，主持人问社奇："做公益十几年，有被非议过、被误解过吗？"

社奇回答："有，特别是开始那几年，很多人都认为我们在作秀，甚至是受到辱骂和攻击。"

主持人接着问："那为何还要一直坚持？"

社奇说："去年冬天，我在微信群看到一个初中生连被子都没有，就连夜驱车 100 公里去登封送棉被，当时我就想，要是他今晚还挨冻，我定会心生不安，会睡不着觉。有一些事，总要有一些人来做，你不做，我不做，没有正能量，很多人就没法看到阳光和希望。"

只为内心安宁，不求任何回报。

主持人为社奇点赞，现场很多观众都发自内心地为社奇鼓掌。

这个社会里，总有一些人，他们付出时间、精力和财力，用自己的行动和力量，去践行着看似平凡却极不平凡的善良和大爱。

03

我的表哥是一个生意人，做服装买卖，诚信经营，为人低调，孝敬父母，爱护妻儿，不抽烟、不喝酒、不赌博，是大家公认的好男人。

这次，我看到表哥的时候，他正躺在医院的病床上，他媳妇一边抹眼泪，一边心疼地说："右手三根手指头都被咬断了。"

表哥是一个环保志愿者，上下班都是乘坐公交车。

一次上班途中，有人在公交车上明目张胆地行窃，许多人看到了，却都是敢怒不敢言。表哥一身正气，他不但上前制止，还让那人归还偷盗财物，谁知道那家伙气急败坏，从腰里拔出尖刀刺向表哥。表哥军人出身，三下五除二就把那人制服，乘客喊着要报警，那人想逃却被表哥死死抓住，竟恼羞成怒，张嘴咬住了表哥三根手指头，最后众人合力才将那人扭送至派出所。

我问表哥："疼吗？"

表哥笑了："咬的一刹那，没有感觉到疼，血喷出来后才知道疼，现在手指接上了不觉得疼了，估计麻药劲过去，会疼一些。"

表嫂的泪又流了下来，她埋怨着："真傻，那么多人都不去制止，就你胆大，就你勇敢？！"

表哥神情刚毅,他说:"总有一些事,总要有一些人来做,都是同一条绳上的蚂蚱,如果我不出手,最后大家都会遭殃。"

那一刻,表哥在我心里简直就是一块丰碑。

这个社会缺的就是这样大义凛然、天不怕地不怕的英雄好汉。面对危险,面对侵犯,他们敢置生死于度外,能果断地挺身而出,他们身上散发出的无畏和勇敢,是这个时代最需要的底气和正义。

04

雪崩的时候,没有一片雪花是无辜的。

我们所有人都同在一条船上,每个人都有责任和义务去维护这艘船的安全与坚固。当危险来临,看笑话、坐视不管、听之任之的最终结果必然是大家一起被巨浪吞噬。

你是不是"我不做谁来做"的那个人?

有一些事,总要有一些人来做。社会的温暖与悲凉,与我们每一个人都紧密相关。我们仁爱,世界就温暖,我们冷漠,世界就悲凉。

我希望,我就是那个人;我希望,我们都是那个人。

那个人,那些人,那许多人,那千千万万的人,我们共同成就了这个世间的善良、无畏、仁义和大爱。

PART 4

你如何过一天，便如何过一生

◇

世界越是丰富，

生活就越是匮乏，

欲望也越是膨胀，

我们总想通过占有更多的物品和资源来填补内心安全感缺失的黑洞。

有空常联系，得闲多相聚

时光不老，我们不散。

01

大年初六，周志国给我电话："舟哥，这过年了，咱两家一块吃个饭吧？"

我回复："中。"

吃饭地点定在开启我们友谊的那家酒店——在郑州华山路的花都酒店。

夜幕下的郑州，在五光十色的霓虹灯的照射下色彩斑斓，摩天大楼拔地而起，见证着这个城市的飞速发展，大厦下柏油路两侧悬挂的中国结红灿灿的，流淌着年味和亲情。

两家一共七口人，聚在一个相对安静的角落。

炖菜、炒凉粉、水煮青菜、秘制白萝卜，还有绿茶饼，我给周志国一报这几个必点菜，他就咧着嘴笑了："对，就是这几个菜，要的就是这个味儿。"

小酒一斟，我们一起举杯。

我说："过年哩，大家欢迎周志国说几句新年贺词？"

掌声响起，众人目光聚焦周志国，他憋着气，红着脸，三四秒钟后激动地说："咱两家人啊，这都快20年关系了，早都已经成亲戚了，今后啊，有空常联系，得闲多相聚。"

短短几句话，道出了我们的心声。

开席后，我们边吃边聊，随后我媳妇和周志国媳妇九儿，还有孩子们也都分别送上了新年祝福。席间两位贤妻被感动得差点流泪。

有些友谊，在经历岁月的洗礼和沉淀之后，在彼此的支持和信赖之中，早已经蜕变为超越友情之上的亲情。这份情，实则难能可贵，必须一生珍藏。

02

2000年，我大学毕业，应聘到一家公司。

一个偶然机会，我和周志国认识，地点就在花都酒店。

周志国是一名公交车司机，这家伙经常在我面前夸海口："舟哥，需要用车，说一声，这车咱随便用。"

我问："你那公交车吗？"他回答："是的。"

我哈哈大笑，看着我笑，他愈发一本正经地说："真的啊，这车咱承包了，跑不跑咱说了算。"

那年夏天，我学开车，教练就是周志国，开的就是公交车。

我结婚的时候，这辆公交车派上了大用场，又是去市场上买菜，又是接送娘家人，在村里可有面子了。

2005年冬，周志国说，公交车不挣钱，不准备再干了。

九儿是售票员，她说："天天在车上，晃得头昏眼花，每天看着不少收钱，都是一块一块的。"

承包到期前几天，我们开着他的公交车去开封夜市，然后又"杀"到洛阳龙门石窟，偌大的公交车上只有我们四个人。

返程，我问志国："今后有什么打算？"

周志国笑道："不知道呢，管他呢，天无绝人之路，走一步说一步呗。"

我说："有什么需要我帮忙的尽管说。"

周志国说："不用，也不需要，咱哥俩啊，今后，有空常联系，得闲多相聚就行。"

快到荥阳了，九儿提议，每人唱一首歌，最后我们四个合唱了张雨生的《大海》。

"如果大海能够带走我的哀愁，就像带走每条河流，所有受过的伤，所有流过的泪……"

唱着，唱着，我们都笑了；唱着，唱着，我们又都哭了。

生命中，有多少这样的朋友，陪我们一起笑过哭过，他们愿意倾尽所有的力量来帮助我们，成全我们。

"有空常联系，得闲多相聚"就是朋友间恰到好处的、不远不近的距离，这距离有温度有刻度，它的名字叫"知己"。

03

2006 年初，周志国和九儿在泗河路做起了家具生意。

那时候，经济大发展，房地产市场火爆，家家装修都要买家具，他们生意也异常兴隆，九儿说这可比开公交车强多了。

我和媳妇为他们高兴。

2008 年，我去汶川抗震救灾。

归程，这家伙竟然开车到西安去迎接我，他说："两个月没见你啦，想念啊。"

来都来了，鼓楼夜市，老孙家羊肉泡馍是必须的。

2013 年，我成立了普力联益会，专门帮扶孤寡老人，资助贫困学生。周志国也积极报名，参与其中。

他说："能为这个社会、这个国家做点什么，也不枉我是一个中国人。"

这家伙学问不高，说话的口气和站位还挺高的。

我说："可以了啊，境界这么高。"

周志国嘿嘿一笑，红着脸说："这不是《亮剑》看多了嘛，学剧中人说的。"

就这样，普力联益会成立6年了，每年5000元的会费周志国总是第一个交。

2016年，5月下旬。

周志国给我电话："在忙什么？"

我说："在刘禹锡公园唐风街，租了一套房子正在装修，打算开办天湖小舟公益讲堂。"

周志国和九儿来了。

他说："你办公益讲堂传播正能量，让我也做点贡献吧，所有的桌椅板凳沙发茶几全部由我赞助。"

就这样，公益讲堂在诸多像周志国这样的朋友帮助下应运而生。两年多来，超过5000人走进公益讲堂。

一路走来，总有许多朋友，对我们不离不弃，支持我们的决定，助力我们的事业，给我们的理想插上翅膀，让我们的梦想落地开花。这些人，是肝胆相照的兄弟，我们要好好珍惜。

04

真正的朋友，相见亦无事，别后常相忆；不离不弃的，才是真朋友；不见不散的，才是真守候。

"有空常联系，得闲多相聚"。

这一句经常挂在周志国嘴边的话，浓缩了多少真交情真兄弟的深情厚谊。

臧天朔的《朋友》中有这么几句歌词："朋友啊朋友，你可曾想起了我，如果你正享受幸福，请你忘记我；如果你正承受不幸，请你告诉我……"

也许，这便是对我和周志国之间情谊最好的诠释吧。

我需要他帮忙时，他就来了；我忙碌的时候，他就无影无踪。

时光不老，我们不散。

想彼此了，就打个电话，无须任何理由，仅仅是见见面，喝个茶，或是吃顿饭。

此刻的窗外，雪花飘舞，银装素裹。

我想起，那年冬天，也是大雪纷飞，我们四人在楚楼水库打雪仗，累了，我们坐在雪地上，四双冻得通红的手握在一起，我们仰天长笑，对天呐喊，要做一辈子的好朋友。

空旷的世界，不断传来我们回响的笑声。

时间沉淀下来的都是真正的朋友。从 2000 年到 2019 年，我们在春夏秋冬的交错中走过近 20 个年头。

光阴如流水，真希望时间过得慢些，再慢些，让我们的友谊如冬雪一样纯净，多结晶出一些故事。再过 10 年、20 年、40 年，我们还能在一起，开着车、唱着歌，或吃着泡馍，或在花都寻找回忆。

这个时代，似乎，我们都很忙。

请记得，得闲了、有空了，多和朋友联系下，多和朋友见个面，毕竟我们的友谊需要找个地方安放。

只有荒芜的沙漠，没有荒芜的人生

这一生怎么过，都是我们自己的选择。

01

沙漠，似乎是许多人遥不可及的梦想，更是许多人向往的神圣之地。

行走大漠，绝非易事。

四天三夜，108 公里。

我要和 100 多名队友徒步穿越被称为"死亡之海"的世界第二大沙漠、中国第一大沙漠——塔克拉玛干沙漠。

大漠风沙大、昼夜温差大、医疗急救差，面对这些，说句实话，从来没有徒步经验的我，心里还是怵怵的。

临行前，一个好友给我打电话，劝我不要参加，说那么危险的地方还是不要去的好。

我明白，这是朋友对我的关心和爱护，我理解她。

可是，我们的人生，缺的不就是一次冒险、一个证明"我能行"的机会吗？

我出发了，带着许多朋友的期望和对沙漠的向往，带着朋友送我的各种装备——睡袋、沙杖、冲锋衣，甚至还有卫生巾，他们说卫生巾可以垫在鞋底，吸汗。虽然他们不能和我一同去沙漠，但我知道他们的心和我在一起。

我的老师王伟峰，亲自送我到机场。

登机前，他给我一个紧紧的拥抱，还从兜里掏出四十块零钱让我带上，说让我替他把这些钱布施给需要帮助的人。

我懂他，就带着了。

我转身的时候，老师和送行的人都拿着手机给我拍照，他们想拍下我背着陀包的背影。

我向他们挥手，说再见。

此行，他们与我同在，再苦再累，我都不会孤单。

人生，可以一个人前行，但总会有许多人陪伴我们左右，他们是我们的精神益友。

02

徒步沙漠第二天，下午，大风。

大漠的风，顺着沙丘往前溜，急促而慌张，沙子打在脸上，生疼。在穿过一段干涸的沼泽地后，我们一团一连的队友走散了。

我和队友快乐风、杨文、燕姐和十二朵女王前后成行地走在一起。大家走得都很慢，先前一路上有说有笑，突然间变得安静下来。风声在耳边，我能听见自己的呼吸声，这呼吸里，有些许害怕，也有些许焦虑。

有多年户外经验的快乐风发话了，她说："我们到前面找个有灌木的沙丘坐下来，一来避避风，二来等等其他队友。"

走了一公里后，我们终于找到了一个相对安全的沙丘。

队友慢慢聚齐，唯独不见那时花开。

此时天色已晚，我和连副张庭瑞决定往回走，去找她。

沿途，许多不认识的"徒友"得知我俩往回走去找队友时，都给我们竖起大拇指，这种鼓励瞬间就升腾成了力量。

往回两公里处，那时花开一个人正在一步步艰难地前行。

我们叫她的名字，她抬眼望见我和连副，感动得差点流泪，她的脚被磨出了水泡，每走一步都特别吃力。

我和连副接过了她的沙杖，搀扶着她的胳臂，几乎是架着她往前行。

队友看到我们归队，都纷纷起立，鼓掌欢迎，那种心情只有在经历了这样的艰难险阻之后才能体会得到。

那时花开说："我一个人走，几乎都崩溃了，真的不想走了，好几次都想放弃，但看到小舟哥和连副我就知道希望没有破灭。"

当我们连队 12 人迎着夕阳，齐声喊着口号，最后一个走进营地的时候，所有人都从帐篷里面走出来，给我们鼓掌。

虽然我们队是最后一名，但我们是唯一一组整队回家的，我们可以骄傲地说，我们没有落下一个人。

你能走多远，在于你与谁同行。这是真的，也许一个人可以走得更快，但是一群人才能走得更远。

唯有一个优秀的群体，才能刷新你的认知，打开你的眼界，激发你的潜力，并调动你的积极性，从而让你走得更远。

03

大漠，它的无限辽阔，让我们对它充满了敬畏。

四天三夜，每天行走几十公里，身体一天比一天疲惫。累到一脚插到沙子之中后似乎再也无法拔出；累到身上几斤重的行囊似乎都成了千斤重担；累到一次次地跪倒在沙丘上；累到膝盖酸痛下肢无力；累到站在每一个沙丘前都要调动一下意志力；累到你有些绝望，终点还是遥不可及；累到即使沿途风景美不胜收，心却疲惫不堪，了无兴趣……

唯一不能也不敢"疲惫"的风景，是我们的队旗。

腾总是我们一团一连的旗手，那几天，他必须冲锋在前，确保队旗高高飘扬。

我们累，他比我们更累。

在荒芜的沙漠里，前行靠的就是方向和旗帜，没有目标比什么都可怕，我在最劳累最疲惫的时候，就往前看看我们的队旗，看到队旗我浑身就充满了勇气。

那是一面绿色的旗帜，上面写着"豫商战队"几个大字，鲜艳而夺目，它就插在旗手腾总的背包上，大漠的风，或是腾总前行的风，总是让这面旗子高高飘扬。

那一刻，我终于明白了，战场上"人在旗在，旗在山在"的铮铮誓言和那种无畏生死、勇往直前的战斗精神。

在大漠里徒步穿越，我们几乎前行三五公里就要整队休息。

腾总也休息，我们都是席地而坐，唯独他不一样。

他总是跪在沙地上。

我们要起身继续前行的时候，他总是第一个起来，伸手把大家一个个再拉起来，他是在给我们传递温暖。

这样的人，值得信赖，值得一生为友。

后来，我终于懂得了他这一跪，他这是跪拜沙漠，跪天跪地，敬畏众生，敬畏自然啊。

大漠啊大漠。

在沙丘顶端，瞭望四周，沙丘之外还是沙丘，远方的远方还是远方。所有走过的脚印，在风中淡然无痕。

人在这大漠深处，无非是一粒沙子而已。

04

"大漠孤烟直，长河落日圆。"

在沙漠，见到了诗句里的场景，刹那间，感受到大漠、孤烟、长河、落日的凄美和悲凉。

大漠如我，孤烟如你，长河是我们，落日是他们。

在茫茫沙漠里，坚持就是一种信仰。多少次，想过放弃；多少次，又坚持了下来。前方不见终点，回头亦不知起点在哪里。咬着牙继续向前，挑战自己的极限。

沙漠徒步，很多时候是"我一个人在走"，但更多的是"我和你们在一起走"，一生能和一群人共同走过一段路也算是缘分，也算是值了。

四天三夜的极限挑战，过程艰难漫长，结束得却很快。

从大漠到郑州，媳妇和一群好友到机场迎接，我和他们紧紧拥抱。

媳妇竟然还没有忍住自己的眼泪，她心疼地说："你晒黑了。"

"嗯，晒黑了，这是太阳留给我生命的色彩。"

去大漠的时候，有人送；在大漠的时候，有人陪；回来的时候，有人接。这就足够了。

沙漠，因人而生；沙漠，因人而活。

只有真正走过沙漠的人才会明白：在这个奇妙的世界里，

默契的合作、相互的鼓励、无私的奉献才是这个世界最有温度的东西。

　　沙漠穿行，我看到了荒芜，也看到了丰满；我感受了绝望，也感受了希望；我经历了困难，也经历了人生。

　　人生的每一步，都是自己要走的路。

　　走过沙漠，留给我的更多是真诚，是温暖，是珍惜，是敬畏。

　　只有荒芜的沙漠，没有荒芜的人生。这一生怎么过，都是我们自己的选择。

生活如一叶小舟，我们都是风雨无阻的水手

上善若水，大爱无疆。

01

去年 10 月，经朋友介绍，我认识了城关中学的一个女孩，小柯。她 10 岁时，父母车祸双亡，随奶奶生活，家庭极度穷困，孩子在学校，顿顿都是吃馒头、就咸菜、喝稀饭，没见孩子买过菜。

见到孩子，我们都很心疼，她太瘦了。

老师说，小柯非常懂事，学习也特别努力，可能是家庭原因，有点自卑，上课不爱举手发言，和其他同学的交流也不多。

小柯的情况，牵动着普力联益会全体会员的心，大家一致决定，要给予她资助，要让孩子抬起头来，重拾信心。

张福祥是我多年的老友。

他是中国新材料技术协会的会长，这些年，一直关注着普力联益会的公益活动。

一次，上海洲创集团的老总黄雯靖和他聊天，说想实实在在资助些贫困学生。

张福祥就介绍了我和黄雯靖认识。

我跟黄总说了小柯的情况，她毫不犹豫地说："这个孩子我们来资助吧，从现在一直到高中，甚至大学毕业，我们全包了。"

次日，普力联益会就收到了黄总的捐款。

我们如数送至学校，老师和孩子很是感动。班主任问："哪个是黄总？"我说："她远在上海，没有来，但是心到了。"

上善若水，大爱无疆。

一个上海人，一个素未谋面的陌生人，一个与荥阳毫无牵连的人，她用自己的爱和信任温暖了这座小城。

02

今年 4 月。

黄总给我微信：想来荥阳看看孩子，不知道方便不？

我回复：当然方便，随时欢迎。

机场，初见黄总，她简直就是一个弱不禁风的女子，但她的笑容却春光满面，自信飞扬。

我们握手寒暄，那一刻，我们仿佛是相识多年的好友，彼此之间毫无拘谨，直接开启随心所欲、侃侃而谈的聊天模式。

次日上午，黄总带着给孩子买的大包小包的礼物来到了学校。

这是黄总和小柯的第一次见面，小柯笑了，这是我第一次见她这么开心的笑。

老师说，小柯近期比以前自信多了，在老师面前也敢说话了，和同学们的交流也多了，脸上的笑也多了。

小柯说："谢谢阿姨。"

黄总笑着说："叫姐姐吧，我这么年轻，这么漂亮，叫阿姨会把我叫老的。"

所有人都笑了。

中午，我们就在学校餐厅和小柯、老师一起吃饭。

黄总问："餐厅最贵的饭菜是什么？"小柯说："鸡腿。""多少钱？"小柯回答："6块。""你多久吃一个？"小柯沉默不语。

老师说："鸡腿贵，孩子从来舍不得吃。"

黄总转过头去，泪悄然滑落，她当即给孩子的饭卡充值几千元，说要保证孩子一天吃一个鸡腿。

人间有爱，润物无声。

黄总，一位千里之外的朋友，她用一颗至诚至善的心，用悄无声息的行动奉献着自己的慈悲和能量。

之后，黄总又好几次从上海给孩子寄来衣服和学习用品。

我给黄总发微信：那么忙，还挂念着孩子，别影响了你的工作。

她回复：怎么会，每次给我女儿买东西的时候，我就想到了小柯。那次见了她，便再也无法忘记，脑海里时常浮现她带着小酒窝的笑，我女儿笑的时候，也有一个小酒窝。小柯太可怜了，又那么可爱，我喜欢这个孩子，如果有机会带她来上海玩几天。

我回复：一定有机会的。

黄总又问：孩子还有没有生活费？

我回复：还有好几千呢。

黄总又说：我北京的朋友也想资助一个学生，因为你，我们都开始喜欢荥阳这个城市了。人生在世，金钱名利这些东西，生不带来，死不带去，有生之年，能用自己的微薄之力去帮助一些人，影响一些人，才是最有意义的。

普力联益会秘书长张涛给我发信息，账户收到一笔来自上海的 2 万元捐款，落款黄小舟。

我知道，这是黄总又一次默默无声的支持和付出，她就是这样一个从不张扬、无私奉献的人。

我们都是小舟，这个世间还有许多和黄总一样的李小舟、张小舟、赵小舟，都在用自己的努力为这个社会奉献自己微不足道的力量。

此刻，我在荥阳，黄总在上海。

但，我却能感受到她对孩子们无微不至的牵挂。

她的爱，早已经超越了地域，没有了时间的界限，有的只是内心深处那份对苦难孩子的怜悯和慈悲。

我想起，黄总给我聊的她的故事。她也曾经抑郁过，几度走向崩溃的边缘，还是一位大师的那句"人生之全部意义，在于不断地奉献，而非不断地索取"，让她瞬间开悟：从前的自己太贪婪了，福祸都是自己感召而来的。自此，她开始学着放下，学会付出，这样才一步步从阴霾走向阳光，从身陷泥潭到走向自由大道。

生活如一叶小舟，我们都是风雨无阻的水手。

愿我们经过大风大浪、大起大落、大悲大喜、大是大非之后，都能真正的大彻大悟：岁月如水，奉献最美。

所有从无到有的东西，必将从有到无

我们会收获亲情、爱情、友情，也会逐渐失去家人、伴侣、朋友。这就是生命的本质。

01

风来，沙起。

大漠辽阔，广阔无垠，大漠行走，浩瀚无边。

2018 年 10 月 21 日，我和全国 114 名徒友，聚集在新疆塔克拉玛干沙漠，我们用四天三夜的时间徒步穿越了这个被称为"死亡之海"的中国第一大沙漠。

在 8 月时，同学袁钟辉和魏军找我叙旧，无意间说到 10 月份去新疆徒步穿越沙漠，我便起念一同前往。

继而报名，审核成功。

穿越沙漠，不仅需要毅力，更需要体力，接下来的两个月，我开始锻炼身体，体重也减掉了20余斤。

进入10月，也便进入了临战期，从行前准备到穿越技巧，家人朋友们比我还操心。10月19日，整装待发。

20日，来自全国各地的114名徒友齐聚库尔勒。

114个"我"瞬间成了"我们"。

枪响，赛事拉开帷幕。

途中，我站在最高的沙丘上，看着一个个或是一群群徒友，在自己的前后方努力前行，那是一道移动的、饱含生命激情和超越自我的风景线，一种感动莫名在心头升腾。

感恩和我一起前行的徒友，陪我一起克服困难、感悟人生。认识你们，真好！

转念，我突然意识到，所有的人都是从四面八方而来，四天后到达终点，我们不还是要各自奔东西吗？

不久，我们必将再次分离，回归到一个个"我"的状态。

风来，沙散。

沙，是我们；风，是时间。我们都逃不过时间。

02

114名徒友，被分成三个团。

每个团三个连，每个连队12人。我在一团一连。

我们连队，也是我们的组织，有领导，有分工，有旗手，有队员。我们的队旗上写的是"豫商战队"。

第一天，我们12个人几乎是自走自的，各顾各的。

走得快的，会在前面等其他人，等人齐了，再继续走，然后又会走散，再等齐一起走。

第二天，差不多也是第一天的状态，有组织，无纪律，散兵游勇，一盘散沙。

新组织，需磨合。晚上开会，我们统一思想，调整方案，达成了"步调一致，集体前行"的战略。我们甚至还精细地排列了每个队友走的队次，旗手第一，袁晓燕第二，连长第三，我在最后负责收尾。

第三天，第四天，我们连队基本是按照排位顺序在行进，第二名踩着旗手的脚印走，第三名踩着第二名的脚印走，以此类推。

大家一起前行，一起休息，团队的力量在相互照顾、相互帮扶、相互鼓励中逐渐彰显，大家都说这样行进最节省体力。

10月25日晚的庆功宴上，豫商战队获得本次沙漠精英挑战赛最高荣誉奖——沙尔克顿团队奖。

我们流着泪相互拥抱。

4天里，我们经历了种种困难和磨砺，经历了许多挫折和艰辛，我们已经适应了在一起的时光，可接下来却要面临各奔东西的分离。

我们从四方八方来，又要回到四面八方去。

生命中遇见了你们，陪我走过一程，然后我们又再各奔前程。人生，不就是一个从无到有，再从有到无的过程吗？

03

在徒步的第三天，胡杨进入视野。

10 月下旬，正是大漠胡杨树叶金黄的时节，鲜艳夺目的叶子，坚挺矗立的树干，为大漠涂上了一层生命激活的颜色。它们或一棵傲然挺立，或三五棵错落成群，或沙丘平铺成林，枯死的也迎风屹立。

胡杨是有风骨的，它们被誉为沙漠中最伟大的勇士，它们坚韧不拔，"生而千年不死，死而千年不倒，倒后千年不朽"。

不见胡杨，不知生命之辉煌。

我们应该像胡杨一样，倔强而骄傲地活着。在艰难困苦的逆境当中，坚持自己的理想，不退缩，不放弃。

23 日晚，我和几名徒友登顶沙丘。

月亮正圆，月光皎洁。

我们坐在沙丘上，没有人说话，世界很静很静。

黄沙在月光的映衬下冷清而绝傲，偶尔还有流沙的声音，那声音来自很远很远的地方，仿佛是远方亲人的呼唤，又仿佛是生命最初的声响。

魏军打破了宁静，她说："我给大家作首诗吧？"

我们齐声说好。

她的声音很低："五年前，妈妈离我而去，这首诗是写给她的。"

魏军起身，她站在沙丘上，月光照在她的脸上，微风吹拂起她的长发，她的影子在沙地上被拉得很长。片刻，她念道："辽远空旷白月光，儿时厮守你身旁。如今阴阳两相隔，思念如漠寸断肠。"

完毕，魏军伸开双臂，面朝着空旷无垠的大漠大喊："妈——我——想——你——了。"

良久无声，我们听见魏军哽咽起来，她浑身抽泣，悲痛欲绝，我们和她拥抱在一起。

是啊，妈妈，我们生命中最重要的人，她哺育了我们，养育了我们，从我们出生的那一刻起，和我们产生连结，而在未来的某一天，她却要离我们而去。

思念，走进心里，永远挥之不去。

我们与妈妈之间，就是一个从我们生，到她们去的距离。

胡杨，不也是如此，千年而生，之后，千年而死。

原来，这就是生活的本质，一切从无到有的东西，也必将从有到无。

手捧沙粒，沙子在手；松开手掌，沙子流走。

沙子，在我们的手中，从无到有，再从有到无。

塔克拉玛干沙漠，据科学家考证，它形成于 2500 万年前。

2500 万年前，塔克拉玛干沙漠也许是一片海洋，2500 万年后，它可能是一座高山。总有一天，这片大漠也将消散。

行走于大漠的我们，在一个时间聚，在下一个时间散。

这一生，我们随着尘缘卷入了一场又一场的眷恋，却无法想象接下来会有怎样的离别。

最难割舍的是感情，所有的快乐悲伤，所有的爱恨情仇，所有那些深刻抑或清淡的情感，也都会从相遇相知到随风消散。

人生，就是一个从无到有，再从有到无的过程。

我们会收获亲情、爱情、友情，也会逐渐失去家人、伴侣、朋友，这就是生命的本质。

生死之间，是一场拥有，更是一场放手；是一场经历，更是一场忘记；是一场轰轰烈烈，更是一场心如止水。

别因为风霜而否定希望，也别因为云烟而放弃绽放，生命就是在沧桑中灿烂，在虚无中永恒。

终于明白，在一起，就要好好活着，好好珍惜；面对分离，甚至死亡，不必痛苦，不必悲伤，得到过，拥有过，就已经足够。这就是生命的真相，也是生命的意义。

爱情，是初心；婚姻，需要不忘初心

婚姻是场修行，离不开两个人的共同努力。

01

过完年，我发现楼上安静多了。

后来才知道是换了新主人，原来总是夜里吵架的那两口子离婚了，房子卖给了新邻居。

往常，夜间时候，楼上那两口子总是风波乍起。

先是锅碗瓢盆的摔打声，接着是孩子哇哇大哭声，后来是男女声嘶力竭的"你怎么不去死"和"要死也是你全家先死"的咒骂声。一阵狂风暴雨后，我听见他们家的大门被狠狠地摔上。

几年前，一次乘坐电梯，我知道了这两口子，年龄和我差不多，看起来很恩爱的样子，男的还搀着一位老人，很是恭敬。

后来，我在楼下碰见了这位老人，和她寒暄了几句。老人说："其实，我女婿挺好，就是我女儿太强势了，大事小事都得依着她，这也怪我，从小给惯坏了，白天女婿去哪里了，干什么了，她都得问个清清楚楚，哎，时间久了，都积在心里，这几年天天吵，全家人都不得安生，孩子也越来越自闭。"

老人一声叹息。

我说："夫妻哪有不生气的？"

老人说："我打算回老家了，不在他们这住了，看着他们夫妻弄得跟仇人似的，我这心里难受啊。"

随后几年，便再也没有见过这位老人，可是楼上两口子的吵闹却丝毫没有减少，反倒是愈演愈烈。

吵来吵去，这两口子终究还是劳燕分飞。

所谓"相爱相杀"，似乎是件浪漫的事，但是，如果婚姻里长期弥漫着争吵，本来拥有的爱会慢慢消磨殆尽，取而代之的则是情绪和怨气，而这些负能量总会有被引爆的一天。

02

朋友 A 和他媳妇都快 40 岁了，两个孩子已经上中学。

A 常年酗酒，酒后经常动手打骂媳妇。这些年，他媳妇是敢怒不敢言，她总感觉家丑不可外扬，一直都忍着。

她一直寻思着找机会报复 A。

去年 10 月，单位公休，她跟 A 谎称出去度假，其实一直在暗中监视 A 的行踪。在 A 酒后驾车时，她报警了，A 被警察逮个正着，拘留了 10 天。

拘留第 7 天，她假装回到家，听说 A 被拘留，还痛哭一场。

A 一直怀疑自己酒驾是被人举报，后来通过各种关系去查证，最后得知举报人竟然是和自己同床共枕了十几年的媳妇。

借着酒醉，失去理智的 A 对媳妇进行了长达两个小时的殴打，最后把她从二楼窗口扔出窗外。

他媳妇落窗在地，被路人看到，打了 120，被送进医院抢救才保住性命，A 也被公安机关以涉嫌伤害罪被刑事拘留。

日子过成这样，都撕破脸了，还能过吗？还能怎么过？

这对夫妻，得积多大的仇恨啊，日子过成了"碟中谍"，这样的夫妻，真的是同床异梦。彼此间相互猜忌，尔虞我诈，明争暗斗，相互报复。

03

10 年前，我表嫂差点杀了表哥。

2005 年，表哥结婚，表嫂人也挺好。婚后，表嫂提出谁的钱谁管理，谁的钱谁花，每个月每人拿出 200 块作为家里的公用基金。表哥表示赞同。

那时，两人就经常因为一些小钱该花谁的，什么时候应该花共用基金而争吵。

两个人工资都不高，结婚三年，两人基本上都没存住钱，更不要提共同账户了，更是只有负增长。

2008 年，表叔生病住院，急需用钱，表哥在没有告知媳妇的情况下，直接把表嫂放在抽屉里的 2000 元工资送医院了。

表嫂发现钱不见了，极度愤怒，质问表哥，表哥说了原因，赶紧赔礼道歉。

表嫂说："再有急事，拿我的钱，也得和我说一声，这是对我最起码的尊重。"

表哥说："这不是老爹住院着急嘛。"

表嫂气火未消，大声说："你爹怎么了？就是你爹妈同时住院了，拿我的钱也得跟我说。"

表哥是个大孝子，听不得表嫂这样说。

他大怒道："你敢这样诅咒我爹妈！"话音未落，一巴掌扇在表嫂的脸上，瞬间表嫂嘴角淌了血。

表嫂哪里受过这样的气，从小到大，都是父母的掌中宝，表嫂叫嚷着这日子没法过了，必须离婚。

随后就是摔锅砸盆，家中能摔的，能砸的，桌子、茶几、空调、衣柜、电视机、洗衣机无一幸免，后来实在没有可摔可砸的，就拿着剪刀开始剪家里所有的衣服，剪得稀巴烂。

表哥只能听任愤怒的表嫂乱砸乱撕。

夜里，门开了，表嫂手里拿着剪刀，气冲冲地走向表哥，她嘴里念叨着"我要杀了你"。

表哥静静地躺在床上，心如死灰地等着剪刀插入他的身体。

表嫂哭着，表哥紧闭双眼，毫无动静地躺着。两个人就这样僵持了几分钟，表嫂双手高举剪刀，然后用力戳了下去，表哥知道，他难逃此劫了。

剪刀插在了距离表哥头部仅三厘米处的枕头上，枕头中的棉絮四溅，表嫂趴在床上大哭起来，表哥也痛哭流涕。

一剪若下两死，一剪若起两生。

就在这剪刀的举起和落下中，表哥和表嫂重新开启了新的生活，他们重新审视和定义了夫妻相处之道，把从前的那种"我只爱我自己"过成了"我爱你胜过爱我自己"。

夫妻，悟前是仇人，悟后是亲人，想怎么过，过成什么样，都是自己的选择。

04

有人说，前生五百次的回眸，换得今生的一次擦肩，同修百世才能同舟而渡，共修千世方能共枕同眠。

夫妻，那是修得千年的缘分，可惜，多少人都不懂得珍惜，把对方对自己的好当成了驴肝肺。

这个世界上有太多的夫妻过着过着就成了仇人。

如果，成为"仇人"是夫妻生活中必须经历的一关，那请所有正在经历这一关的夫妻，一定要看到绝望之后的希望，这希望是水到绝路之后飞流直下三千尺的绝美画面。

　　再恩爱的夫妻，也有千百次想掐死对方的念头。如果他真的爱你，会在去买枪的路上却买了把青菜，这便是绝处逢生。这需要夫妻双方的相互理解和对幸福的憧憬。

　　吵架是宣泄情绪的重要方式，感情再好的夫妻也会吵架。

　　但，吵架是门艺术，会吵的越吵越恩爱，越吵越分不开，从年轻吵到白头偕老；不会吵的吵丢了感情，吵没了婚姻，甚至吵成了仇人。

　　爱情，是初心；婚姻，需要不忘初心。婚姻是场修行，离不开两个人的共同努力。

多给一块钱，比少给一块钱好

财聚人散，财散人聚。

01

小丁，大名丁书锋。

1999 年，大学毕业，我俩离开省城，回到家乡荥阳。我进了事业单位，而他选择了在工地打工。

那两年，我俩穷得叮当响，两人兜里的钱加起来从来没有超过 10 块。我俩在外租房住，为了省钱，自己动手做饭。

鸡蛋汤面条是小丁的拿手饭，做起来最快也最简单。鸡蛋和面条是我们从老家带的，偶尔去小巷里买些青菜和西红柿，就够我俩吃好几天了。

油热，先炒鸡蛋，再放西红柿，大火翻炒 2 分钟，加入沸水后挂面入锅，温煮 5 分钟，加入青菜和食用盐即可出锅。

一碗面条外加两个馒头，美哉！

夏天傍晚，打篮球回来，大海寺路东头，几个老人在路边卖菜，他们面前都铺着白色的编织袋，上面整齐地摆放着新鲜的生菜、豆角、茄子、黄瓜等时令蔬菜。

我俩把自行车停稳，他问一位老大娘："这菜都咋卖呢，大娘？"

老大娘声音洪亮："豆角 0.2 元 1 斤，茄子 0.15 元 1 斤，黄瓜也是 0.15 元 1 斤，玉米棒 1 块钱 5 个。"

我随口问道："咋比其他人卖得贵啊？"

大娘赶紧说："这都是我刚刚从地里摘下来的，新鲜得很。"

小丁拍了下我的肩膀说："没事，不要和他们谈价钱。"

大娘问："都要啥，我给你挑些好的。"

小丁说："不用挑，随便拿把豆角和两根黄瓜就行，再给我来 1 块钱的玉米。"

上秤。大娘说："一共 2.6 元，给 2.5 元吧。"

小丁掏出 3 块钱，递给大娘说："不用找了，你们最辛苦了，谢谢您啊。"

那一刻，我对小丁刮目相看。这家伙买菜，既不讲价格，也不挑不拣，还多给钱。

十九年过去了，丁书锋早已是我们同学中为数不多的身价超千万的"中产"。他也是普力联益会这个公益团体的发起人之一，每年他都在用自己的力量为荥阳这一片故土奉献出自己的力量。

02

小丁影响了我。

这些年，移动支付方便快捷，我会在微信或支付宝结账的时候，适当给一些弱势群体多支付几毛钱或一块钱。

我家楼下有家理发店。

理发师是位帅哥，1.75 米左右，30 来岁，留着胡子，小卷烫发，阳光向上。音响里总是播放着轻音乐，店里总是打扫得一尘不染。可他却因小时候患了小儿麻痹而行动不便。

但他却从来都没有放弃对生活的希望：10 年前开始学习理发，靠理发养活自己；5 年前结婚；3 年前喜得贵子。

我已经在他那理发 5 年了，他理发价格 10 元，我总是给他支付 11.11 元。他觉得不好意思。我告诉他多出的一块钱是对他自立自强的鼓励。

我们单位门口，有一家卖牛肉汤的。

冬日凌晨，执行完任务已经快 5 点了。几个同事就相约去喝牛肉汤，牛肉汤锅冒着热腾腾的香气，4 个人，每人一碗，外加一个烧饼。

厨房是透明的，就挨着柜台，我扭头一看，里面的厨师是位侏儒症患者，正站在凳子上切肉。

我和老板娘寒暄："这是你……老公？"

老板娘笑了："那是我弟，从小就得了这病，我这当姐的也不能不管他，就请他来帮忙呗。"

里面的厨师听到我们笑，也转过个头，龇着牙朝我们笑。

我说："你们真够辛苦的了。"

老板娘笑着说："不辛苦，不辛苦，你们也不容易啊。"

结账的时候，老板娘说："共计64元。"我给了65元。

老板娘说："你多结了哦，谢谢你。"

我说："没事，为你们加油！"

出门，太阳正顺着东边的楼顶往上爬，红彤彤的阳光清冷而柔和地抚摸着大地万物，新的一天开始了。

03

多给一块钱，比少给一块钱好。

我们曾处理过一起案件，起因就是因为几块钱。

M和三个朋友到康泰路夜市小聚，点了几个小菜，要了几件啤酒，喝到凌晨两点多，夜市早已经被这四个人喝得冷冷清清了。

结账，老板说："213元。"

M说："200吧。"

老板说："我们小本生意，你给210吧，我们这熬到后半夜，也不容易啊。"

M继续讨价还价："就200，行也得行，不行也得行。"

老板央求着说："真不行。"

M怒斥道："那好，我给你213，你给我开发票。"

老板说："没有发票。"

M发飙："没有发票，你开什么饭店，那你什么时候有发票了，我们再来结账。"

说完，转身就走。

老板不乐意了，让服务员拨打110报警。M脱掉上衣，朝老板扔过去："你还敢报警！"说完，就把老板踹翻在地，然后就是一顿暴打。

结果夜市老板耳膜穿孔，被鉴定为轻伤。M被拘留，最后赔款几万元了事。

占小便宜吃大亏。那些事事处处总想着贪占他人便宜的人，其实就是在侵占他人的劳动，变相获取他人的劳动价值。这些人早晚会吃大亏，栽大跟头。

04

有人说，遇到夜里摆地摊的，能买就多买一些，别还价，东西都不贵。家境但凡好一点的，谁会大冷天在夜里摆地摊；遇到学生出来勤工俭学的，特别是中学生、小姑娘，她卖什么你就买点。

即便她不是因为家庭困难而工作，出来打工也需要勇气的，鼓励鼓励她吧。

"与肩挑贸易，毋占便宜。"

《朱子治家格言》中的这句古训告诉我们：和那些靠卖力气挣钱的人打交道，不要贪图占他们的便宜，而是应该用一颗慈悲之心去尽可能地关照他们。

可现实生活中，有的人什么都不缺，就是缺德。做人贪图便宜、好逸恶劳，或许会一时得意，但却失去人心，失去别人的尊重，绝对不会得到长久的发展。

而那些心怀仁爱和慈悲的人，怜悯弱者，尊敬卖力气的人，与任何人共事交往时都总是想着分多润寡，与宜多，取宜少，反而能获得更多的善缘和能量。

财聚人散，财散人聚。

许多和小丁一样的人，他们乐善好施、勤于助人、甘愿吃亏，不占便宜。

这些人善缘广泛，人缘自然也就宽阔，有了人缘，就是有了朋友。各行各业、五湖四海都有我们的朋友，那我们这一生何愁没有事做，何愁没有福报。

你焦虑，是因为你想要的太多

01

大清早，牛盾给我发微信：舟哥，我焦虑中，恳请支招。

这家伙是我同学，做非国标零件加工。这几年，行业要求越来越高，他的生意也是越来越难做。

我回复他：很多人焦虑都是因为想要的太多。

牛盾问：你的意思是我太贪心了？

我回复：有点相似，却又不是。

牛盾发来一个龇牙咧嘴的表情，说：你说得对，还是舟哥说话有水平，一语点醒梦中人。

10年前，牛盾辞去公职，下海经商，那几年，他可以说是赚得盆满钵满，我们骑摩托的时候，他已经开上了奥迪A6；我们租房的时候，他已经住进了带有大花园的别墅洋房。

这些年，他的生意相对于前几年无非是稍微差了点而已。

不过，牛盾受的那些苦和罪，那些不被人理解的委屈，还有那些我们看不到的奋斗和坚持，也是我们这些在单位里被温水煮着的"青蛙"们所不能承受的。

纷纷攘攘的人群，来来往往的利益。

每个人都在这喧嚣的世界里，用自己的努力和勤奋为自己寻找安全感和稳定性。殊不知，太多的诱惑和物欲，让我们迷失了自己和方向，我们的内心也因此充满了种种的不安和焦虑。

02

母亲年岁渐高，在我家住不了几天，就嚷着要回老家，说老家有个院子，好歹能转转，这天天待在房间里，上下楼梯也不方便，时间长了，要憋出病来。

我就想到了做二手房销售的陈宁，寻思着让她在市区给母亲找个一楼带花园的小房子。

陈宁，为人和善，办事高效，执行力强，从不拖泥带水，听我这么一说，当即表态没问题。

没过几天，陈宁就让我去看房，进门，她边接听电话，边和我握手。我坐下，她又接听了另一个电话，20分钟后，她示意我们乘车，但仍在打电话。看房路上，电话也没停。到房子那，她终于挂断了电话，给我简单介绍了房子的情况。

返程途中，陈宁的手机出奇的安静，她就不断地去摸看手机。

我说："你真忙啊。"

陈宁笑着说："没法啊，舟哥，都习惯了，电话一会儿不响，就不适应，反倒紧张起来，害怕错过了某个客户似的。"

我问："你平时看书吗？"

陈宁说："唉，忙成这样，哪有时间看书啊。"

陈宁这个行业，她跟我说过，前几年每年挣个三五十万没有问题，这两年经济不景气，也挣不了多少。

所以，我理解她的焦虑。

这个时代，每个人身边似乎都是危机重重，于是就总想通过努力、再努力让自己获得的更多，所以我们的心就几乎没有静下来过，时时刻刻都处在焦虑的状态中。

03

在康泰路的财富中心，有一家知几琴茶馆。

知几，谐音知己，意为能有几知己？人生幸事，有三五知己足矣。

雅琴是茶馆的主人，如仙一样的女子，清新素雅、恬淡安静。十余年，志心一隅，以茶会友，闲来抚琴，悦耳动听。

茶室有百余平方米，空中楼阁，素色简装，多有绿植，偶尔插花，艺术茶架，闻声古琴，老桌案台，袅袅檀香，茶语水榭，亦如人生。

15 年前，雅琴接触茶艺，由此爱上茶艺。

她的茶，多是待友之用，与其说是到此品茶，不如说是来此静心。来的朋友都是茶友，没有利益，没有分别。来不接，走不送，喜欢就多坐会儿，有事随时可以离开。

我曾经在知几琴茶馆待过两个小时。我、雅琴，还有一些认识和不认识的朋友，我们在那闲聊，雅琴沏茶，她始终都是微笑着，最让我惊奇的是，从头至尾她都没有触摸一下眼前的手机，而且，她的手机也没有发出过任何的声音。

静心，无非如此吧。

雅琴穿着朴素，简单有品，生活节约，饮食清淡，闲暇时光，抚琴会友，言谈举止，温文尔雅，三五月份，采茶季节，进山寻茶，她也尽量公交出行，农车前往。

三年前，我问雅琴，一年能挣多少钱？她说，三四万吧，够吃够喝就行，没有那么多的欲望，知足常乐，活得也算惬意。

雅琴的状态，其实我们每个人都可以拥有。

一片茶叶，她说足以奉知己；一盏茶杯，她说足以品四季；一张茶桌，她说足以解风情；一间茶室，她说足以谈人生。

04

幸福在哪里？

不在我们物质化的生活里，不在我们盲目的追求里，不在我们不断的索取里，也不在我们追逐的花色权力里，而在我们清净知足的内心里。

不是我们不幸福，而是我们想要的太多了。

有了 10 万，想要 100 万；有了小轿车，想要越野车；有了小房子，想要大房子；有了小名声，想要大名望。

世界越是丰富，生活就越是匮乏，欲望也越是膨胀，我们总想通过占有更多的物品和资源来填补内心安全感缺失的黑洞。于是，焦虑成了这个繁花似锦世界的必然产物。

减少物欲，懂得知足，其实就是治疗我们焦虑和不幸福的法宝。

在这个时代，我们总想用我有、我还有，来证明我的努力、我的成就、我的地位、我的存在，其实，大可不必。所有外在的东西，我们都生不带来，死不带去。一日三餐，衣食无忧，出行方便，家庭和睦，再有三五知己好友，这样的生活就足以满足我们的幸福。

关键是，我们要有强大的内心，不攀比、不强求、不浮躁、不奢求，有梦想，更要脚踏实地，唯有这样，才能活出真自我，活出大自在。

因为有关系，所以别客气

同事唐行给我电话："舟哥，听说你有个同学在县医院妇产科？"

我回答："是啊。"

唐行很着急地说："是这样的，我媳妇马上要生产了，现还在县医院排队呢，着急得要命，能否让你同学帮个忙，先安置下来？"

挂断电话，我拨通了赵慧的电话。

同学赵慧是妇产科主任，她赶紧安排了两名护士，连搀带扶，没多久就把唐行的媳妇安排妥当了。

次日，唐行又给我电话："房间太嘈杂了，能否让你同学想法给弄个单间？"

两天后，赵慧就给安排了。

没有办法，老同学就是这么给力，我给赵慧电话："谢谢啊，老同学。"

赵慧说:"咱这关系,客气个啥。"

初中时候,我和赵慧还是同桌呢,掐指一算,我俩已经有25年的情谊了。

这世间,同学友谊最为珍贵,那是我们在最懵懂无知的时候,建立起来的最纯粹的情谊。参加工作后,相互之间又没有什么利益和冲突在里面,所以这样的朋友关系才弥足珍贵。

02

一周后,唐行抱着一个白胖小子出院。

他给我打电话:"舟哥,请你同学吃个饭吧,这次住院没少麻烦人家。"

我说:"不需要,你忙你的吧。"

谁知道,唐行这家伙死心眼,他竟然跑到我办公室,将一张购物卡放我桌上,说人要知恩图报,让我转交我同学。

我笑着说:"兄弟,同学之间帮个忙,是情分,是关系,也是理所当然,如果谈钱,那就不就成交易了?"

唐行说:"那好吧,今后有需要兄弟跑腿的,舟哥尽管吩咐。"

一个月后,我给赵慧发微信:约几个同学,一起吃饭吧?

她回复:好啊。

五个同学，四碟小菜，一人一碗烩面，大家边吃边聊，那些被尘封的校园往事，谁和谁谈恋爱了，谁和谁闹别扭了，都在谈笑中随风而散。

席间，同学和赵慧聊天，说二胎政策放开了，咱们这些70后也想为国家做贡献，估计今后少不了麻烦她。

赵慧说："因为有关系，所以别客气。"

所有人都静默了。仔细一想，可不就是，我们的亲情、友情和爱情让我们和所有与我们有关系的人发生链接，产生影响，关系让我们不再是一个孤岛，不再是深夜独醉。而"别客气"正是我们愿意为朋友倾心努力，甚至是两肋插刀地付出。

临行，我给赵慧说唐行送卡的事。

赵慧问："你收了没有？"我说："没有，也不敢啊，所以直接替你拒绝了。"赵慧笑着说："还是老同学了解我，今后有啥事直接说，甭客气，也别外气。"

也许，这就是关系的力量，我相信你，你也相信我，我们彼此在信任的空间自由地行走和呼吸。

03

我对唐行说："你的心意，我都转达到我同学那了。"

唐行说："谢谢舟哥。"

我说："别客气，去忙你的吧。"

唐行这个人不错，挺勤快，也好学，是我们单位的业务标兵。关键是心地善良，在朋友圈见到的水滴筹，他总会或多或少地给予捐助。

所谓有关系，就是在这样一点点的交错中进行，我帮了你一个忙，你又在无意中帮了我一个忙，而恰巧，我们之间没有任何的目的和功利在里面，这样的关系最为舒服，堪称完美。

世界太大，我们太小。

不是所有人都能和我们有关系的。

我们的很多关系都存在于亲人、师长、同学、伙计、同事、战友之中，而这些关系都可以泛泛地被称为"朋友"。

朋友多了，路好走，就是这个意思。

成人的世界多为各自忙碌，真正的朋友不是朝夕相对，而是有事时的一句"别客气"。

因为有了朋友，才有了关系；因为有了关系，所以互助起来才无须客气。

我和你，你和他，所有与我们有关系的人，都是我们一生最宝贵的财富。

人与人之间的关系很微妙，真正的关系是真诚的，只有你付出了真诚才能有收获。

如果，我们的人生像是乘坐在一辆公交车上，正是这些人，他们在不同的时间和地点，走了又来，来了又走，在我们春风得意时为我们锦上添花，在我们失落绝望时为我们雪中送炭，陪我们走了一程又一程。

所以，请好好珍惜我们的关系，用的时候，才可以无所顾忌地说别客气。

PART 5

决定上限的不是能力，
而是格局

◇

那些我们怀揣过的愿望梦想、

经历过的艰辛苦难、

坚持过的奋进努力，

所有的春生夏长都会在机缘成熟的时候演变成秋收冬藏。

生活没有规律可循，行为决定意识层次

沙漠，留给我印象最深刻的，不是它的辽阔，而是那些征服沙漠的人。

01

徒步沙漠的第二天。

上午 11 点，从早上 8 点出发到此刻，已经走了 3 个小时，很多人都累了。

前方是一座高 50 米左右的沙丘，旗手继续带领大家向上冲，我也是咬牙坚持。

登顶，视野范围内，远近沙丘，上上下下，高高低低，相应成景，几朵白云在蓝天上飘着，无限风光。

我和队友快乐风、杨文、滕江伟一行 12 人，围坐在一起，津津有味地吃着周莫和黄燕从云南带来的自家特制的牛肉粒，牛肉粒散发的香气飘荡在空旷的大漠上。

两位徒友在我们旁边停了下来。

她们把面巾扯下来。有一位是小姑娘，她个头比较矮，看样子有 10 岁左右；另一个是她的妈妈，年轻漂亮，很有气质。

黄燕伸手把牛肉粒递给小姑娘，小姑娘的嘴巴动了动，却没有接，她转眼看了看妈妈，妈妈同意后，孩子才伸手接过去。

我们问孩子："多大了？"

孩子说："11 岁，正在读小学五年级。"

我们问她累不累。孩子说不累。

妈妈告诉我们，沙漠徒步，这一辈子可能就这么一次了，报名成功后，也想给女儿这样一个机会。开始还担心孩子走不下来，没想到征求孩子意见的时候，她保证自己一定能走下来。于是就到学校给孩子请了一星期的假。更没想到的是徒步这两天，孩子不但没有掉队叫累，还一直走在很多人的前面。

妈妈讲话的时候，满眼的骄傲和自豪，还有泪光在闪动。

这是沙漠徒步中年龄最小的徒友。

孩子，你是好样的；孩子的妈妈，你也是好样的。

我们鼓掌，给孩子鼓掌，更给孩子的妈妈鼓掌。

这是一个伟大的妈妈，她知道经历人生比学习成绩更为重要，参与沙漠行走是妈妈给予孩子的最宝贵的人生财富。

02

徒友中有位男子特别胖，穿黑色衣服，戴一顶黑色的牛仔帽。其体貌特征特别明显，所以我对这个人印象深刻，就叫他黑衣哥吧。

第一天下午，黑衣哥一个人独自走在芦苇河道里，虽然缓慢，却从未停歇，那是一种唯我独行的自由。

第二天上午，我和队友在胡杨树下休息，又遇见了黑衣哥，他拖着疲惫的脚步从我们的面前走过。我说："老兄，休息一会儿吧。"黑衣哥边走边说："我这'菜鸟'，不敢休息啊。"

第二天下午，我们在等一个掉队的队友时，黑衣哥晃晃悠悠地停在我们旁边，恰巧组委会的保障车也停在附近。

保障车有两个功能，一是医疗保障，二是放弃后可搭乘。如果你不想前行，想放弃了，可以挥手示意保障车，就可以乘车直接到营地，不过上车后你将被摘掉胸前的比赛号码，这也意味着本次沙漠挑战赛的失败。

那时，已经是下午 5 点左右，距离营地还有五六公里。

保障车的工作人员伸出头，向黑衣哥挥手："大哥，不行的话，您上车吧？"

黑衣哥缓缓地扭头过去，盯着保障车看了几秒后，慢条斯理地说："我就是走最后一名，走到今晚 12 点也不坐你的车！"

他那句"不坐你的车"说得铿锵有力，我们所有人都不约而同地给他鼓掌叫好。

黑衣哥这样的人，值得敬重，他走的不是沙漠，走的是决不妥协，走的是坚持，走的是坚强意志，走的是真正的人生之路。

03

老爹，沙漠徒步中年龄最大的徒友，72岁。

走沙漠的前一天，袁钟辉和魏军拉着我，说要给我介绍一个传奇人物，之后我就见到了老爹。

老爹是他们对这位年长者的尊称，大名我不知道。

他们说，老爹在今年5月的时候，和他们一起走过戈壁。听说要走塔克拉玛干沙漠，又报名参加了。

我和老爹握手的时候，能感受到他的力量。

老爹白发、善目、清瘦、个子不高，他说："小舟我要和你们一起穿越沙漠，挑战自己，没有什么不可能。"

沙漠行走的第二天，在一座特大沙丘上，我遇到了老爹。

半坡中央，老爹站立着，他背对沙丘，眺望远方，他的身后是一群群正在努力冲顶的徒友，老爹不落后。

走到他跟前，我已经气喘吁吁，我叫了声："老爹！"

我褪去面巾，老爹认出了我，他和我握手说："是你啊，小舟。"

我问老爹："感觉怎么样？"

老爹笑道："我啊，爬过雪山，游过长江，蹚过沼泽，穿过草原，走过戈壁，就是没有来过沙漠。家人都说我老了，不让我来，我才不听他们的呢，我的人生我做主，我要活出我的精彩。"

我还没有缓过神来，老爹就已经启程了。

老爹和所有人一样，也是穿着一身徒步服装，穿着徒步靴，戴着墨镜，围着面巾，拄着沙杖，单看外表，根本看不出来这是一个年龄超过 70 岁的老人。

老爹步伐矫健，迎着阳光，走向远方，他的背影越来越高大，他的身影越来越挺拔，我的内心充满了感动。

老爹，这个老人，他活出了自己，他的生命是一束绚烂无比的花。

04

都说，什么样的年龄就应该做什么样的事。

可是，和我一起徒步穿越沙漠的，有儿童，有中年人，还有老人。他们都在做着同样一件事情——超越自己。

生活没有规律可循，行为决定意识层次。

很多时候，我们总是把自己局限于相对的时间和空间里，不是我们活不出自己，而是我们放不下自己——似乎，领导就要有个领导样，家长就要有个家长样，师傅就要有个师傅样。

其实不然，在茫茫人海中，在大自然面前，所有人都不过是一粒尘埃，我们都一样，都是极其普通而平凡的人。

其实，不论处在什么样的年龄，我们都应该勇敢地去做自己——不挑战一下，怎么知道原来自己也可以？

　　人的一生，总该有段时间，忘掉自己的角色与标签，放下自己的立场和身份，放松、深呼吸，远离焦虑，跳出方寸，去体验不同的感受，去看看莫大的世界，你会发现，生命在无拘无束中会绽放出多彩与绚烂。

　　生活是自己的，世界就在我们眼中。

　　我们不是谁谁谁，我们只需要活在当下。

　　听从自己内心的声音，去你想去的地方，见你想见的人，做你想做的事。如此，才能活出精彩，才能遇见最真实的自己。

无论心里多么绝望，温柔都写在脸上

沙漠给人无尽的失望，也给人无尽的希望。

01

大巴车从库尔勒出发，行驶了80公里，3个多小时后，到达了塔克拉玛干沙漠。

大漠，就这样第一次出现在我的生命中，它的颜色是土黄色的，一座座高低不平的沙丘，突兀而辽阔。或远或近的树木在顽强地生长，那是生命的努力。这里虽然荒芜，但生命却无处不在。

10月21日，大漠的太阳很毒，辣得人睁不开眼，和其他徒步穿越沙漠的挑战者一样，我戴着墨镜，穿着徒步鞋，用两条纱巾外加一顶帽子把自己裹得严严实实。

四天三夜，108公里。

我按捺不住心中的兴奋，还有许多人在欢呼跳跃，这就是生活的五彩缤纷。

　　我被分在了一团一连，赛号是 1109，我们连一共 12 人，接下来的几天，我将要和他们一起面对各种意想不到的困难，一起穿越被称为"死亡之海"的塔克拉玛干沙漠。

　　出发前，队友快乐风问我："小舟，带防沙套没有？"

　　我回答："带了呀。"

　　她说："那就穿上吧，要是沙子进到你的鞋里，把脚磨破了，后几天就不好走了。"

　　跟快乐风是到库尔勒才认识的，她已有近 10 年的户外经验。

　　她跟我说这些话的时候，就像是姐姐，语气温和而真诚。

　　事实证明，穿上沙套后虽然脚步很沉，但是却让我的脚在这四天三夜的行走中没有受任何的伤，而很多队友的脚都在中途磨破了，我发自内心地感谢快乐风。

　　快乐风，她是一个善良的人，一个能温暖他人的人。

02

　　穿越沙漠第二天，很多人都有了疲劳感，我也一样。背包里面的水不舍得喝，饥渴难耐。一路前行，看到很多人都坐在沙丘上休息，我也忍不住了，时不时就坐下来休息一会儿。

　　休息时刻，看着徒步者一个个地超过自己，那种感觉无以名状。

偶然，会有行者对我说："加油！"

这些人和我一样，都裹得严严实实，除了知道他们是徒步穿越沙漠的挑战者外，我可能永远都不会知道他是谁。

"加油"这两个字，也许在平时的生活中，我们早就听腻了，可是在浩瀚无边的沙漠里，这种声音却如此温暖，如此有力量。

这些人，都是拖着自己疲惫的脚步向前，却在前行的路上不忘给别人鼓励，这种善良激励我不断前行，永不放弃。

善良的人，无论心里多么绝望，温柔都写在脸上。

后来，在前行的过程中，遇到坐在沙丘上休息的人，我也会朝他们挥挥拳头，发自内心地说上一句："加油！"

谢谢给我说加油的人，我会把你们的善良传递下去。

03

沙漠给人无尽的希望，也给人无尽的失望。

第三天下午，前方传来讯息，翻过这座沙丘就能看到营地了，我们连队的成员顿时信心倍增，大家都相互打气，说要一鼓作气走到营地，不休息了。

我们深一脚浅一脚地费了好大努力，终于登上了沙丘顶端。

站在沙丘之上，眺望远方，哪有什么营地，满世界都是或高或低的沙丘，一望无际，目力范围内除了沙还是沙。

心中的希望，瞬间变成无尽的失望，大家异口同声地抱怨：

"营地在哪儿啊？！"

没有办法，没有退路。只有，也只能前行，才能到达营地。

希望是火，失望是烟。人生何尝不是一边生火，一边冒烟。

沿途，有些人，特别是部分女士，体力不足，男士就发扬风格，把自己的一根沙杖收起来，一只手拉着女士的沙杖，一只手拄着另外一根沙杖，就这样一步一步地往前挪行。

"来，我拉你！"

"好，谢谢！"

再大的困难，我们一起克服；再远的路途，我们携手前行。一路上，总是不经意被感动、被流泪。

原来，人性的善良在困难的时候能彰显得如此完美。

04

第三天凌晨4点多钟。

夜宿帐篷，冰冷的寒气侵入睡袋，我被冻醒了。

我听见帐篷外两个人在对话。

一个人说："被冻醒了，再也睡不着了。"

另外一个人说："再回去睡会儿吧，8点天才亮呢。"

"不睡了，在家也是四五点就起床了，你怎么不睡觉呢？"

"昨晚有个人感冒了，我的睡袋给她了，我就不睡了，在这来回走走。"

这个人的声音，我听出来了，是胡佬哥。

胡佬哥是这次徒步穿越沙漠的领队，所有人脚下的每一步路，都在他的带领下完成，他总是冲锋在最前面，他就是旗帜和方向，更是榜样和力量。

他今天还要带队前行啊，可他却把自己的睡袋给了别人，一夜未眠。

我走出帐篷，抬眼望见黑色的天空满是亮晶晶的星星，独有一颗距离我们特别近，也特别亮。我想，他应该就是胡佬哥。

这样的人，这样最亮的一颗星，他用他的温暖和善良指引我们前行，他配得上"领队"这个光荣的称号。

05

大漠百人行，挑战不可能。

我们生活的每一个环境，又何尝不是大漠这百人环境的缩影，总有一些人在用自己的力量帮扶着他人，总有一些人在用自己的善良温暖着别人。

谢谢你，给我们善意提醒的人；

谢谢你，给我们说加油的人；

谢谢你，在最困难时候拉我们一把的人；

谢谢你，在我们病了痛了给我们温暖的人。

这些人，也许我们没有机会看清他的容颜，没有机会知道他是谁。可是，我们知道他们都有一个共同的名字，那就是善良。

他们都是善良的人。

这个世界的每一个角落，从来都不缺善良的人。

村上春树说：

你要记住大雨中为你撑伞的人，帮你挡住外来之物的人，黑暗中默默抱紧你的人，逗你笑的人，陪你彻夜聊天的人，坐车来看望你的人，陪你哭过的人，在医院陪你的人，总是以你为重的人。是这些人组成你生命中一点一滴的温暖，是这些温暖使你远离阴霾，是这些温暖使你成为善良的人。

正是这些人，让我们看到了世界的无限美好，让我们更加安然而幸福地活着。

爱你们，这个世界上所有善良的人。

人生的每一步，都值得择善而行，善良或许不会改变世界，但可以让我们遇到善良的人。

愿你目之所至皆是善意，愿你此生尽兴，赤诚善良。

心念不对，世界与你作对

念头正，则万事顺；念头邪，则万事衰。

01

一年前，表弟找我诉苦。

近些年，随着滴滴打车的兴起，他的出租车生意是越来越不好做了。

他抱怨道："什么世道，我们的生意才好几年，网约车就大行其道，还让不让我们过了，政府应该立即让这些网约车停运。"

我安慰他："这是大势所趋，实在不行，把出租车卖了吧。"

他继续发牢骚："这部车是我的血汗钱，我可不像你，每个月都有工资，旱涝保收。"

我笑道："趁着现在价格还可以，你可以把出租车卖了，买一辆私家车做网约车呀。"

表弟点了一支烟，嘴里喷着烟雾，生气地说："你是饱汉不知饿汉饥，不跟你说了。"

他喝了一口茶，起身就离开了。

没过几天，表弟跟我说："这一段时间怎么诸事不顺啊？"

我问："怎么了？"

他说："前天不小心闯了个红灯，昨天被贴了张罚单，什么事都不顺，仿佛全世界都在跟我作对。"

我说："兄弟，你抱怨太多，感恩太少。念头决定了我们的行为，行为导致了我们的生活方式，最终决定我们活成哪一种人。"

表弟摇摇头，表示不懂。

其实，我们遇到的人和经历的一切事情，都是自己的念头感召而来的。念头不对，诸事不顺；念头正确，万事顺意。

02

年初，塔山路口，表弟终究还是出车祸了。

10年前，表弟买了这辆出租车，荥阳的大街小巷没有他不熟悉的，哪条道上有坑，哪条标线不能压，哪个路口的探头抓拍闯红灯他都跟明镜一样。

为了照顾表弟生意，我时常乘坐他的出租车。

好几次，见到他开车闯红灯，我就劝他："不急，遇到红灯咱就等等。"

表弟说："等红灯浪费汽油，这都是钱啊，能省点是点。"

我说："咱不能违章，安全最重要。"

表弟总是满不在乎地说："放心吧，哥，我开车这水平，绝对确保安全，这十几年我都没有出过事故。再说了，刚才那个路口没有摄像头。"

我毫不客气地对他说："兄弟，千万不能这样想，你这念头真是大错特错，红绿灯是用来保护所有人安全的，即便交警或是电子眼处罚不到你，但你要是这样下去，早晚会出事的。"

表弟呵呵一笑："哪有你这样的哥，不表扬我，还来咒我。"

这几年，我的难听话没少说，可表弟依旧我行我素，一意孤行。

被淹死的都是会游泳的。这不，表弟闯红灯与一辆摩托车相撞，把人家撞得不轻，最后被认定为全责，赔偿对方2万元。

处理完事故，我说："兄弟，起心动念很重要，你好自为之吧。"

表弟流着泪说："哥，真该听你的话，经历了这么多事，仔细想来，是我错了，不是世界与我作对，而是我一直在与这个世界作对。"

03

两个月前，表弟卖了出租车。

他来找我喝茶。我问："想通了？"

他说："说来，我也应该感谢国家的，出租车前些年生意也不错，我也没少挣钱，就现在的价格，卖了车也是赚的。你说得对，社会发展到今天，网约车是趋势，我应该顺势而为。

"以前的我，抱怨心太多，感恩心太少，抱怨事事不如意，埋怨身边的人都对不起我，却很少从自己身上找毛病，也没有感恩过对我好的人和帮助过我的人。

"从今往后，我要痛改前非，做个好人。"

弟妹也和表弟一起来的。

她眼里闪着光，对我说："小武现在跟变了一个人似的，原来回到家跟大爷一样，从来没有进过厨房，没有洗过衣服，现在到家后什么活都干；原来天天发牢骚，现在很少听他抱怨了；原来我俩三天两头吵架，现在几乎不吵架了。哥，谢谢你啊，小武说，这都是你教育他的。"

我很欣慰，为表弟点赞。

当一个人不再抱怨，懂得了感恩，其实就是他的内心生出了正念，这实在是难能可贵。

04

前几天，在植物园门口。

我见到了表弟，他竟然穿着一身西服，与以前那个邋遢的他判若两人，白色的网约车被他擦得锃亮，油箱盖上还贴着一面五星红旗。

我走到他跟前。表弟微笑着问："先生，去哪里，需要帮忙不？"

我说："意墅蓝山小区，去吗？"

表弟三步并做两步，走到后门处，半弯着腰，一手拉着车门，一手示意我上车。

车内，干净整洁，后座的扶手处竟然还有一盆绿萝和几本杂志。

表弟说："哥，烟我也戒了，我要为乘客考虑，用心去服务每一位乘客，现在心态好了，生意也比以前好了。"

车子顺着索河路平稳向前，马路两旁的高楼大厦在不断地后退，这个城市的繁华和文明犹如一幅画卷在时光流影中铺开。

《了凡四训》有言：一切福田，不离方寸。

我们这一生，所有的吉凶福祸都源自我们内心生发的念头。念头正，则万事顺；念头邪，则万事哀。

心念是我们改变命运的关键，从发心开始，生命就不会被动地随业流转，而掌握在自己手中。

念头决定了我们的选择和行为，好念头产生正能量，坏念头产生负能量，这便是因果定律。未来是继续辛苦忙累满心怨念，还是少欲知足平和安宁，都取决于我们的每一个起心动念。

在健康问题上，自己比老天爷管用

人生最大的成功，就是健康地活着。

01

去年 5 月，郭总给我发信息。

他说，同学 M 得了肝癌，这两年为了给他治病，家里钱也花光了，房子也卖了，还有个正在读大学的女儿，想知道普力联益会能否给予资助。

按照流程，联益会委派了两名会员前去了解情况。

两天后，关于 M 的信息反馈了回来：

M，男，1974 年生，某政府机构工作。2017 年 6 月诊断为肝癌，现在荥阳市中医院化疗，曾去北京、上海、郑州等地治疗，治疗总费用超 100 万。变卖房产，现在郊区租房住。其女儿在武汉上大学。

照片中的 M 脸色蜡黄，颧骨高凸，瘦骨嶙峋，面容憔悴。

会员商议后，决定给予资助 1 万元。

5 月底，我们普力联益会一行六人来到荥阳中医院，为 M 送去了救助金。

M 见我们进来，吃力地从病床上坐了起来。我们和他握手，他笑着，嘴里不停地说着谢谢。

郭总鼓励他要坚强，还要有希望。

M 一声叹息，苦笑道："我的身体啊，我知道，能再多活三五个月就已经不错了。要是我当初少熬点夜，少抽点烟，少发点脾气，也许就不会是这个样子。唉，一切都晚了，现在最放不下的就是我父母、妻子和孩子。我对不起他们啊。"

他妻子站在窗前流眼泪。

经历过很多告别，有些告别却特别揪心，不是生死离别却仿佛是最后的道别。每每这个时刻，许多人才开始懂得珍惜，只不过"一切都晚了"。

02

出了医院，郭总给我们讲了 M 的故事。

M 是某政府机构的办公室主任，今年才 45 岁——这是一个"上有老，下有小"的尴尬年龄。

M 在 1996 年参加工作，1998 年结婚。因为家在农村，父母都是老实本分的农民，在城里买不起房子，夫妻二人就一直租房住。1999 年，他们有了女儿。2004 年，贷款在京城花园买了房子。

郭总说："这些年，M 工作特别卖力，同学聚会的时候，M 的眼睛总是红肿红肿的。他经常苦笑道，昨晚又熬夜到三点才睡，我们说早点睡呗，他说，领导明天要讲话稿，写不出来哪里敢睡觉啊。"

2008 年，M 被提拔为副科级。

也就是那一年，M 开始抽烟了。郭总问他怎么抽起烟来了，他说抽烟能提神，半夜写材料的时候不抽烟容易瞌睡。

M 自从当了副主任，工作更忙了，熬夜是常事，早饭也经常不吃。

郭总是中医世家，他劝 M，熬夜伤肝，抽烟伤肺，不吃早饭伤胃。工作固然很重要，可身体健康才是革命的本钱。

M 哈哈一笑："我的身体好得很。"

2013 年，M 被提拔为正科级。

那年春节聚会，同学们都给他敬酒，M 是凡敬皆干，那天他喝了一斤白酒。

M 趁着酒兴说："人在江湖，身不由己，哪天不得应酬喝个半斤八两的。酒是粮食精，越喝越年轻。"

上洗手间的时候，郭总看到 M 日渐稀疏的头发，心疼地说：

"酒伤肝，少喝点，咱们都奔四了，身体最重要。"

M哈哈大笑："掉根头发多正常。"

2017年，M腹部时不时阵痛，被诊断为肝癌晚期。

其实，很多疾病都会通过身体的种种不适，给我们一些警告和提醒。只不过我们总是不以为然，总以为自己还年轻、还很健康而疏忽了这些征兆，直到小病变成不治之症，后悔莫及。

03

2018年10月的一天，郭总给我打电话说："我们资助的那个人去世了。"

我问："谁？"

他说："M啊。"

我心中一沉："什么时候办事，我去送个别。"

郭总说："不用了，事儿都已经办完了。出殡那天，他的女儿哭成了泪人，声音撕心裂肺。要知道，这几年为了让女儿安心学习，M得癌症的事一直到最后的临别时刻才告诉女儿。大家都为M感到惋惜，年纪轻轻的，实在不应该，实在是难以接受啊。不过这也给我们所有同学敲响了警钟，今后一定要少喝酒，少抽烟，少熬夜，不能再这样折腾身体了。"

郭总哽咽着，我能听出他的无奈和不舍。

我突然想起，在医院M的那句"一切都晚了"，那天的情景如同在昨天，我和 M 对视的几秒里，他眼神里那强烈的对生的渴望，一直印刻在我的脑海里。

如果不想在未来说出"一切都晚了"，那活着的我们就应该从现在起，好好珍爱自己的身体。因为，身体和其他物品一样，需要我们好好地去保养、清洗和爱护。

怎样才能拥有健康的身体？中医告诉我们，健康有四大基石：宽容乐观的心态；合理均衡的温热素食；充足的睡眠；适当的运动。

好身体是一切的保障，没有好的身体，所有的才华、财富、权力都会在你一命呜呼的时候瞬间化整为零。

亲爱的朋友们，请务必谨记：没有什么工作、没有什么利益，没有什么场合、没有什么人物值得我们拼了命地往死里去干。

人生最大的成功，就是健康地活着！

在健康问题上，自己比老天爷管用。生命只有一次，永远不可能再来。活着的我们，好自为之，各自珍重吧。

善良，是一个人自内而外的修养流淌

你若盛开，清风自来。

01

晚上回家后媳妇说："今天单位全体会议，我们科室的辛初被提拔为副科长了。"

我说："这有什么奇怪的。"

她说："关键是你不了解辛初这个人，他是我们单位最老实的。上班这么多年，从未迟到早退过。对待工作兢兢业业，任劳任怨，任何人说啥都行，让干什么就干什么，绝对不会反驳。说白了，他就是有点木讷，憨憨傻傻的那种人。"

我说："这样的人早该提拔呀。"

她说："唉，你懂的，光会干活有什么用。"

我问："那这次怎么提拔了？"

原来，事情是这样的：

今天早上开会宣布辛初被提拔的时候，所有人都大吃一惊，连辛初自己也没想到。

其实是有一次辛初在上楼梯时，看到地上有个烟头，就顺手弯腰捡了起来，而这一幕正好被新上任的局长看到了。

到楼梯拐弯处，辛初把烟头扔进垃圾桶，站在他身后的局长问："你叫啥，哪个科室的？"

辛初如实回答，局长只是说："哦，知道了。"

谁也没有想到，辛初竟然突然就被提拔了。

我说："好人必有好报，真心恭喜！"

媳妇说："是啊，我经常看见他捡烟头、捡垃圾，这么多年，终于被开明的领导看见了。真是应了那句话，但行好事，莫问前程。"

善良，是一个人自内而外的修养流淌，是一种绝非刻意却随手而为的人品显现，更是所有人都看不见的初心而为。

02

前段时间，我和一些爱好中国传统文化的朋友建了一个"《朱子治家格言》学习群"。

每天早上 6 点，我会用 20 分钟左右的时间和大家分享学习心得。

分享完毕后，徐永利老师会把一条条语音制作成音频文件，方便群内的好友学习和转发。

我也会将合成的音频转发到我的家人群。

刚开始，还有家人在群里讨论，慢慢的群里就变得冷清了，到最后，我连续转发一星期，群内都没有一个人说话。

我终于忍不住了，在群里说了句：如果没有人听，今后我就不发了哈。

很快就有人发言了，好几个人都表示，天天都在听。

我兄弟发了一句：但行好事，莫问前程。

那一刻，我突然感觉到了自己的渺小。原来我这么在意大家的看法。也是啊，有时间了大家就听听，何必要求大家的反馈呢。

我兄弟说得不错，我们做好事，我们用自己的努力去影响别人，那是我们自己的事，至于是否有回报，又何必在意呢？

问心无愧就好。

终于明白，"但行好事，莫问前程"是一种生活态度，更是一种生活境界。我们所有的努力和付出都应是为了内心的丰盈和安稳，而非他人的肯定和赞许。

媳妇常问我："你说，我这个人啥都不会，为何这么幸福啊？"

我总是笑着说："之前，你爸妈把你当成宝，和我结婚后，我又把你当成宝，你当然幸福啦。"

去年5月，冯崇章老师到天湖小舟公益讲堂做客。

"父母有德，子孙有福"和"积善之家，必有余庆"是冯老师分享的主题。

他说，那些经常做善事，时常积功德的家庭，福报一定会恩泽于他的子孙。

他讲，我们现在所享的福，很大程度上都是我们的父母祖宗所积累功德的庇护。所以，我们做父母的也应该多行孝积善，这样我们后代才会有更多福报。

我恍然大悟，我媳妇有福的真正原因是他父母的积功累德。

我的岳父，吃苦耐劳，节俭持家，一生素食，孝敬老人，时常行善。

一次，我们开车回媳妇老家，到家后，岳父背着铁锨要出门，我纳闷地问："背着锨去干吗？"

他说："回来路上，见村口有几个坑，我去给它填平。"

逢年过节，岳父都要去买些米面油，给村里的孤寡老人送去。

好几次，我跟媳妇说要去看望贫困学生被岳父听见，他就会从兜里掏出一些现金给我，让我给孩子们捎去。

印象最深的一件事是，某年冬天，我们开车从老家回荥阳，岳父看见有人在村口等公交车，就赶紧让我停车，问需不需要捎一程。那个人说要去上街（紧邻荥阳，郑州的一个区），岳父说那正好，我们也要去上街买东西。

其实，我们并不顺路，可我明白岳父的心思，他是不想让被帮助的人有心理负担。

岳父这一辈子，受了很多苦，却做了一辈子的好事，这些福报都回馈到了女儿身上。

但行好事，莫问前程。

我们所做的一切善行，都会有所回报，这个回报可能很快就会出现，也有可能在将来出现，"人亏天不亏"就是这个道理。

04

1839 年，林则徐赴广州查禁鸦片。

英国商务代表义律送给林则徐一套鸦片烟具，价值 10 万英镑。

林则徐道："本部奉皇上旨意，到广州禁烟。这套烟具属于违禁品，本当没收，但两国交往，友谊为重，请阁下将烟具带回。"

义律只好收回。

其实，林则徐只要稍微受点贿赂，就可以获得上百万两银子。但是他考虑的是国家和民族的危亡，再不禁烟的话，中国人就真的变成"东亚病夫"了。

后来鸦片战争爆发，再后来，中国战败，林则徐被发配到边疆去充军。

而当时广东的三家富商，在鸦片战争中发了一大笔国难财。

现在回头再看，林则徐的后代个个有成就，代代出英才，而那三家富商早已走向了没落。

一个真正有智慧的人，在民族大义面前，会毫不犹豫地选择"但行好事"，至于子孙后代祸福前程，那就无须过问和担忧了。

厚积薄发，聚沙成塔。

你若盛开，清风自来；你若精彩，天自安排。

"但行好事，莫问前程"和"只问耕耘，不问收获"这两条古训告诉我们：

那些我们怀揣过的愿望梦想、经历过的艰辛苦难、坚持过的奋进努力，所有的春种夏长都会在机缘成熟的时候演变成秋收冬藏，至于鲜花掌声或喜悦成功，这些都是"但行好事"后的水到渠成。

我在凌晨六点的街道遇见你

01

晨光熹微，看看表，才6点。

小区门卫岗的灯还亮着，身着黑色制服的大姐拿着小笤帚在清扫落叶和垃圾。

见我跑步出来，她抬头给我打了个招呼："挺早啊。"

我点点头，向她问了声好。

这位大姐，她和她老公都是这个小区的保安，她在北门，而他在南门，他们两个总是值夜班，用她的话说："趁着白天还能和老公去干点别的，要供养孩子上大学。"

沿着康泰路向西的一个工地，大型起重机伸着巨臂，建筑工人正在加班加点地劳作：搬的搬、抬的抬，还有一些工人在楼顶砌墙，各种机械声、敲打声、吆喝声连成一片。

这些一夜未眠的建筑工人，是这个城市中最小的一分子，正是因为有了他们一点一点的工作，才有了我们坚固的高楼大厦。

02

9月的荥阳，已入秋，早晨薄薄的雾慢慢地流淌着，还有一丁点的潮气扑面而来，和着桂花的清香，舒服得很。偶然，几片泛黄的叶子飘落下来。

飘落的叶子，在路人眼里是美景，可在那些穿着橙色马甲的清洁工眼里，它们的落下反倒增加了他们的工作量。

荥泽大道每隔一千米左右，就有一个清洁工。

每天，当多数人还在睡梦中时，清洁工早已工作在岗位上，在这个城市的各条街道和角落，开始清扫昨天这个城市的人们留下的支离破碎。

看着他们手持笤帚扫一步往后退一步地慢慢移动，我突然感觉，他们就是在家里给我们洗碗刷锅洗菜做饭洗衣的妈妈和爸爸们，没有豪言壮语，只有默默奉献。

你们辛苦了。

03

索河路口。

一群身着警服的小伙子们，排着四方块的队伍，正在练习交通指挥手势，口里还喊着1234，动作整齐划一，刚劲有力。

交通指挥手势训练结束后，这些小伙子们就要奔赴各个路口，去指挥交通了，他们要确保每一个路口的交通顺畅和减少交通事故的发生。

这是一个年轻的队伍，他们中的有些人，也就20多岁的样子，这些90后的孩子都已经长大成人，他们已经开始为这个社会奉献青春，贡献力量了。

原来这些交警也起得这么早。我跑步，继续向前。

在五一街，整条街道被一股浓香的早餐味笼罩着，胡辣汤和油条的香气漫过排队就餐的人群，热气腾腾地刺激着吃货们的味蕾。盛饭阿姨熟练地舞动着手里的大勺，一碗又一碗，食客们也在锅碗瓢盆的叮叮当当中享受着这个清晨带给他们的愉悦。

04

文博路，二中门口。

好友牛晓红正在学校门口，看着学生一个个走进校园。

牛晓红的脸上始终洋溢着微笑，每一个学生走过，都会问一声老师好，她便微笑点头回应。

我跑步过去，她很惊异，问我怎么来这了。

我说："跑步啊。你也这么早啊？"

她说："每天都如此，每天都是早上5点多就起床了。"

我说："真辛苦啊。"

牛晓红依旧笑着，她说："不辛苦，看着孩子们满心欢喜啊。"

05

你有没有见到过你所在城市凌晨六点钟的街景？

也许，你和他们一样，已经早早起床，开始工作；也许，你每天可以睡到自然醒。

无论你是哪种人，无论你身在何处，要知道，为了让你每天都活得精彩而有阳光，有人已经为你整整守候了一夜而未眠，有人为你将所在城市的每一条道路打扫得干净整洁，有人为你的安全出行早早就投入了训练，有人为了孩子的琅琅书声每天比我们家长起得还要早。

这个社会就是这么的和谐，我们能安心生活和工作的每一天，都是由这么多人在为我们默默付出，负重前行。每一份职业都值得尊重，每一份奉献都让我们肃然起敬。

凌晨的街景就像我们的家人和朋友们一样，给了我们鼓励、支持和希望。

我们要用全身心的爱去拥抱这个世界。

不是所有的对不起，都可以没关系

不是不原谅，而是不能忘。

10 年前，我和张三四是好友，三四小我三四岁。

三四说："舟哥，我没有哥，今后你就是我的亲哥了。"我说："只要你不嫌弃我就行。"

那时，三四正在家人的催促下不断相亲，他时常带着新女友让我把关，我就看他的脸色随机行事。

我和三四时常去索河路西段的一家皮鞋店，店内有一间小茶室，我们常在那里喝茶，聊些男人之间无足轻重的话题——足球、汽车、女人、城市发展。

有天，三四对我说："舟哥，这家鞋店是我和朋友合伙经营的，该进货了，但最近手头有点紧，能找你借两万块钱不？最多用 10 天。你也看到了，鞋店的生意还不错，到时候进账了就马上还你。"

那时候，我生活拮据，并无存款，但我好面子啊。想着兄弟有困难，轻易不张口，再说了，他说就用 10 天，时间也不长，想着能帮就帮，于是我对三四说："没问题，兄弟，我现在手头没有，但这两天我想办法帮你转借一下。"

两天后，我拿着从朋友手里借来的两万块钱给了张三四。

10 天后，张三四见我也不说还钱的事，一个月了，这家伙仍然连个电话都没有，但我借朋友的钱是必须要还的，于是，就东拼西凑赶紧把这个钱还上了。

我给三四打电话，他总是说："舟哥，本周之内一定还你。"听了这话，我就仿佛看到了希望，可是，我却一次又一次在他这样的搪塞里等了一周又一周，再后来，打电话、发短信他就不接也不回了。

后来，我去鞋店找他，老板说三四根本就不是合伙人。

原来，他欺骗了我。

三四年后，他便从我的视野里消失了。不是我联系不上他，而是不想也不愿再联系他了，当然，他也从来没有主动联系过我。

说好的 10 天呢，现在都已经 10 年了。

去年春节，张三四给我发了个新年祝福短信，内容应该是复制的，不过后面多了一句话：舟哥，对不起。

我没有回复，抑或我根本就不需要回复。

因为我知道，不是所有的对不起，都可以没关系。

1996 年，我考上大学那一年，父母为我的学费发愁，母亲四处借钱，父亲在农忙之余，早起晚睡在村里四处捡废品。

父亲身体不好，连个话也说不囫囵，村里很多人都瞧不起。

那年夏天，村头几棵大梧桐树下，一群人在下棋，父亲就站在一边，他的眼睛巡视着那些手里有矿泉水瓶的人，有人喝完了，瓶子一扔，他就去捡起来，然后装在他的大编织袋里。

真的难以想象，我的学费里有多少是父亲一个弯腰接一个弯腰地捡瓶子换来的。

父亲的举动被一个人看见了。他朝我父亲叫道："嗨，听说你家小舟考上大学了？"父亲很骄傲，他笑着说："嗯，是的，俺孩儿考上大学了。"

这人说："你捡一个瓶子能卖多少钱？"

父亲回答："5 分钱吧。"

这个人戏弄父亲道："这样吧，我给你五块钱，你给我爬到这棵树上，怎么样？"

父亲怯怯地问："真的？"

这个人从兜里掏出五块钱放在棋盘上，他大笑着说："当然了，钱就在这，这么多人作证，只要你爬上去，就可以把这五块钱拿走。"

父亲看着那五块钱，一直犹豫不决，他知道这个人在侮辱他，但是他更希望能得到这五块钱。旁边有人起哄："爬吧，爬吧，比捡瓶子强多了。"

父亲终于放下了手里的编织袋，他脱掉了鞋子，然后，双手环抱着树干，开始手脚并用，一起发力往上爬。

父亲开始一点点离开地面，1米高，2米高……树干太高了，足足有两层楼那么高，他爬得特别艰难，每向上爬一点都要用双手和双脚环抱着大树休息一会儿。

下面的人继续起哄，快到顶了，还有一些人喊着一二三，父亲就在这一二三的呼喊中不断往上爬。

母亲听说后，飞奔过去，父亲已经爬到了树干处。母亲站在大树下，一边哭一边骂："李五六，你不得好死，哪有你这样欺负人的。"

李五六赶紧给我母亲道歉："嫂子，对不起。"

母亲是一个要强的女人，她怒吼道："李五六，我告诉你，我们家是穷，但我们人穷志不短，你这是看不起人，是侮辱人，你以为你说了句对不起，我就能原谅你，就以为没关系了，想都不用想！树，我们是爬了，但你的钱，我们不稀罕。"

这件事，是我参加工作后，母亲才告诉我的。

母亲说，以前没有把这件事告诉你，是想着你年轻，害怕你心中生恨，影响你的学业。这件事也已经过去很多年了，现在告诉你，是想让你知道，其实我已经在心里原谅了他。

我流着泪听完母亲的讲述，深切地体会到父母的伟大。

也许，生活就是这样，总有一些人，他们用欺骗或是侮辱，或是其他不善的方式来敲打着我们的生活，在我们的生命里留下一个个难以忘却的烙印。

母亲说得对，不是所有的对不起，都可以没关系。

这个没关系，不是不原谅，而是不能忘。

我们要记住这些人，感谢这些人，是他们磨砺了我们的心智，让我们体味了世态炎凉，打开了我们的抗挫折能力，让我们不断成长，让我们在岁月的长河里渐渐学会了原谅。

后 记

01

我出生在农村。

官庄，一个在中国极其普通的农村，这里农田肥沃，一马平川。

我的小学是在我们村里上的，学校南侧有一堆废墟，高高地矗立着，站在坡顶，能看见我们村的大部分，也算我们村的制高点。

小时候家里穷，我和小伙伴们没有什么玩具，这个废墟就成了我们的游乐场，我们在上面捉迷藏、丢沙包、跳皮筋、溜土坡、摔四角，这就是我们的快乐源泉。

夏天，大雨过后，校园里传来一声尖叫，出彩虹啦。

老师扔下粉笔，冲着我们喊，赶紧去看彩虹。同学们就像潮水一样涌出教室，我们随着人群朝那个土坡上奔，村民也都拥了过来，我竟然在拥挤的人群中看到了我妈。

彩虹，就挂在我们的头顶。很多人都伸手去触摸，却遥不可及。

很快，彩虹散去。人，也渐渐散去。

雨后的天空，湛蓝得像一汪清水。站在坡顶，我向南望，清晰地看到远处的高山，那是我第一次看见山，我问，妈，那是山吗？

我妈说，是，那是万山，在荥阳南边，距离我们很远。

我问，有多远？妈说，三四十里吧？

我问，妈，你去过没有？妈说，没有，我去的最远的地方，就是你姥姥家（姥姥家和我们是邻村）。

我在心里对自己说，未来我一定要带我妈，去看看这座山。

这，是我的第一个梦。

02

1990 年，我考取了荥阳县中。

那是我第一次走出农村，来到县城，我的眼睛充满了好奇，柏油马路，平坦宽阔，比我们村的土路高大上多了，见到四五层高的大楼，我才知道原来房子还可以盖这么高。

县城唯一的新华书店，就在这座大楼下面。

我想买一本《初中生优秀作文选集》，妈看了一下价格，2.8 元，就说，你先看呗。我就蹲在一个角落里看，过了很久，管理员过来问，这书是卖的，不能长时间在这看。我拿着书，问妈，买走吧？妈说，就剩一块钱了。

管理员嘟囔了一句，买不起吧，还看这么长时间。

妈个性很强，她回敬了一句，别小瞧人，未来，我儿子是写书的人。

十月的天，已经是微凉。

我走在母亲身后，看见她背部的衣服湿了一大片，妈拉着我的手，我能感觉到她的力量和委屈。

妈骑着自行车，我坐在后面，爱说爱笑的母亲，一路上都没有说话，快到村口，妈说，骑不动了，要休息会儿。

风吹来，拂在脸上，妈，扭头，擦泪。我看到了，却什么也不敢说。但，那一刻，我在心里告诉自己，妈，未来，我要写一本书送给你。

这，是我的第二个梦。

03

三年后，我竟然以全国物理竞赛一等奖的成绩被荥阳高中免费录取。

又三年后，我考取了大学。

母亲拿着我的大学录取通知书，笑着笑着，最后又哭了。她开始让我父亲去捡废品卖钱，那年，我们家杀了两头猪，卖了20多只鸡，只为给我凑齐3500元的学费。

最后，他们借了我舅、我姑、我姨的钱，还是差一千多。

临近开学，妈坐在院子里流泪，我说，妈，这大学我不上了，在家种地也一样孝敬您二老。

妈朝我怒吼，就是砸锅卖铁，也必须让你上大学，我和你爹这么多年起早贪黑，没日没夜，就是为了让你走出农村，不再受我们受过的罪，不再被任何人看不起。

也就是那一年，父亲为了五块钱去爬树，被人嘲笑，被人戏弄。

妈拿着我的录取通知书，在村里挨家挨户地借钱，一百也借，五十也借，二十也行，十块也要，只要能借，妈都给他们鞠躬，妈不停地重复着那句话，等我孩儿挣钱了加倍还你们。

妈用一个小本子认真记下了这些恩人的名字。

那一年，我发誓，将来我要用我自己的努力，去帮助和我一样贫困的孩子，让他们的父母不会再为孩子的学费发愁了。

这，是我的第三个梦。

04

大学毕业后，我从郑州回到荥阳。

参加工作后，我做的第一件事，就是和我父母去了万山。站在山顶，目之所及，有山川、有河流、有高楼、有山路，一切都在脚下。

我告诉妈，这是当年我在彩虹下许下的那个梦想。妈说，看山不重要，重要的是我们要活成山。

2013 年，我出版了自己的第一本小说集《此去经年》，新书定价 28 元，在新书发布会上，我向读者讲述了 23 年前，母亲没有钱，无法给我买那本 2.8 元的书的故事。

我看见，台下的母亲早已经是泪流满面。

同年，我和身边的朋友们创立了资助孤寡老人和贫困学生的公益团体——普力联益会，这些年，我们帮助的群体近百人，资助金也超过百万。

偶尔，我也会给学生和老师讲，我们创立普力联益会的初心，都源于当年我父母所遭受的磨难。

一路走来，我们有很多梦，但总有几个梦会影响我们一生。

不知不觉中，这已经是我出版的第四本书了，有时候回头一看，竟然都不敢相信自己是怎么或快乐或忧伤、或有力或无助地走过来的。

码字的时候，是我最清醒的时候，我会在文字里找到那个最真实、最柔软的自己，我时常在文字里大笑或落泪，拿从前和未来与自己对话，在不知不觉中，许多莫名的力量和希望就从心底升腾起来，指引和鞭策我勇敢前行。

许多读我文章的朋友都说，小舟，警察工作那么忙，你还能写书，还能做公益，还要天天讲课，你简直就是一部传奇。

我淡然一笑。

每个人的一生，都是一部传奇的书，扉页写满总结，内容却此起彼伏，充满了色彩。我那连小学三年级都没有毕业的母亲，又何尝不是一部传奇。

2019 年 12 月 23 日